元外科医・弁護士
富永愛 著

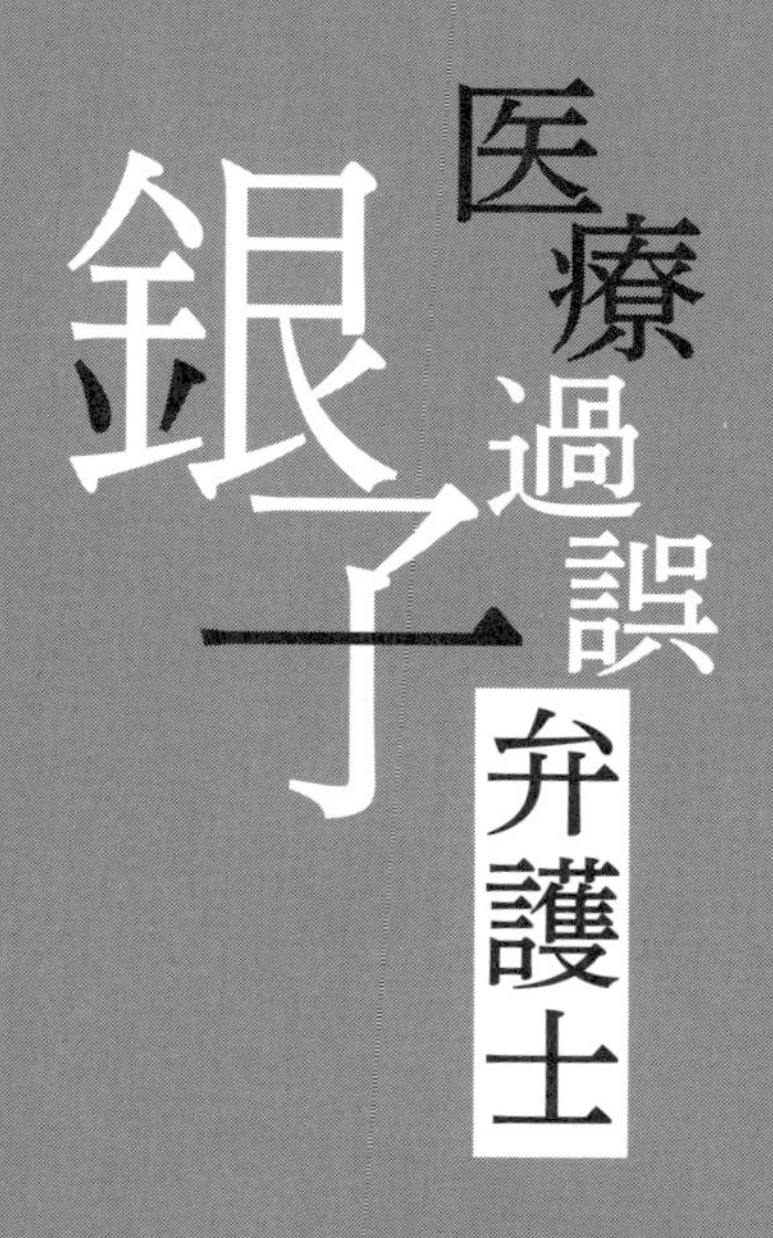

経営書院

銀子の世界の登場人物はフィクションですが、
ひとりの人物には何人ものモデルの方々がいます。

今の日本の医療裁判のリアルを、
銀子というアマゾネスに託して伝えたいと思います。

目次

登場人物紹介

※フィクションです。

白川銀子
45歳　元外科医・弁護士　医療専門の患者側弁護士　バツイチ、娘一人、シングルマザー　白川銀子法律事務所の代表

金さん（美山金治）
50歳　元総合病院の医療事務長　白川銀子法律事務所の事務局長

富小路雅人
48歳　あけがた病院・消化器外科部長　消化器外科医としてキャリア二十年のベテラン、専門は「下部消化管（大腸）」既婚、娘一人

御池　隆
30歳　消化器外科医　消化器外科後期研修の三年目、独身

えびす安子
56歳　看護師長　外科病棟看護師長（医療安全課の看護師も兼任）　看護師歴三十五年のベテラン看護師

五条瑞穂
23歳　手術室看護師（オペ看）　看護師三年目

登場人物紹介

鳥居妙子（とりいたえこ）　38歳　麻酔科医　既婚、息子二人（一歳・三歳）の子育て中のため非常勤勤務

鴨川哲也（かもがわてつや）　42歳　あけがた病院の事務長　医療安全、トラブル担当

東山大地（ひがしやまだいち）　58歳　システムエンジニア　直腸がんのステージI（ワン）と診断され、消化器外科、御池医師が入院の担当医

東山葵（ひがしやまあおい）　55歳　東山大地の妻　元看護師、娘二人（長女・京子：主婦、次女・綾：看護師）

松尾憲（まつおけん）　60歳　病院側顧問弁護士　病院側の医療事件を担当し三十年

寺山美知（てらやまみち）　53歳　医療過誤訴訟を専門にする患者側の弁護士

有馬翔子（ありましょうこ）　享年22歳　大学四年生。就職前に肺気胸の手術を受けるも術中に大量出血を起こして死亡

鮫貝司朗（さめがいしろう）　当時50歳　あけがた病院の元外科部長　専門は呼吸器外科　有馬翔子の肺気胸手術の際の指導医

プロローグ

東京八重洲の小さなビルの三階に白川銀子（しらかわぎんこ）法律事務所はある。小さな事務所の一番奥、山積みにされた医学書の間から、パソコンに向かう銀子の頭だけが見えている。事務局長の美山金治（みやまきんじ）、通称「金さん」の明るい声がした。

「銀子先生、仙台地裁の書記官から電話ありました。和解、予定どおり二億で成立の見込みとのこと」

「サンキュー。万事、想定内。和解条項には医者の謝罪文言も入れてもらえたし、あとの最終チェックは、金さんに任せるわ」

銀子は、パソコンの画面を睨み続けたまま、金さんに指示する。今のところ、銀子は医療訴訟で負け無しの全戦全勝の記録を更新中だ。医療訴訟の日本全国での患者勝訴率は20％弱。その中には一円で勝てたケースも勝訴にカウントされているから、ごくわずかな金額を取れたものを含めても五件に一件しか勝てない。それが医療訴訟の現実[1]だ。

請求金額の半分以上を獲得する「真の勝訴」は数十件に一件だろうから、銀子の勝訴率は驚異的だ。

銀子の感触では、今日あたり仙台地裁の書記官から連絡があるだろうと思っていた。相手方代理人が折れてきて裁判所の提案した和解内容を受け入れることになっていた。訴額は二億五千万だったから、二億なら、八割が認められたことになる。上出来の勝訴的和解だ。

電話に中断されるまで、銀子は、自分の脳内にある手術イメージを文字化する作業に没頭し、銀色（シルバー）の短髪をかきむしっていた。昨晩からずっとこの事務所でモニターに向かっている。裁判官は人間の体の中を実際に見たことも触ったこともない。その裁判官が脳内で想像できるよう言語化する作業を二十時間以上続けていた。銀子のような外科医にとっては「あたりまえ」のイメージも、裁判官にとっては非日常でしかない。リアルを見たこともない臓器の感触や位置関係を三次元で裁判官の脳内に再現する作業は、本当に骨が折れる。そもそも裁判官が銀子の書面を読んでくれる保証なんてないから、読めない医学用語にふりがなを付け、簡単な日本語に変換するところから初めなければならない。たとえばＷＢＣはワールド・ベースボール・クラッシックではなく、白血球（White blood cell）のことだ。

白川銀子は四十五歳のバツイチ子持ちの元外科医。今は、ほぼ弁護士。医療専門法律事務所の所長といえば聞こえはいいが、実際は八重洲にあるボロビルの十五坪が銀子の城だ。昨年までは、生活のために健康診断の医者アルバイトもしていたが、突然、院長から外来閉鎖といわれ、バイトは辞めた。医者のアルバイト生活には、何の身分保障もないことを改めて思い知ったが、まぁ人生そんなモノ。外来は毎週、予約でパンパンだったが、クビになるときは突然だった。バイト先の院長は、単価の安い健診をやめて心臓カテーテル治療室を増やし、専門医の大型スカウトに金がいるのだと愚痴っていた。銀子は、経営が傾き始めた中小病院の院長と一緒に沈没する気もなく、「そうですか」と弁護士の時間を増やすことに決めた。そろそろ弁護士業の方が忙しくなってきている。

医学部に入れたときは、弁護士の同期達から「羨ましい転職」と言われたものだ。しかし、医者だから生活は困らないという時代もいつかは過ぎ去ってゆく。時代は常に変わり続け、ニーズが無くなれば仕事もなくなる、それだけのことだ。医師・弁護士のダブルライセンスもロースクールが出来て以降は珍しくもない。

銀子が司法試験を受けようと思った頃なんて、ひどいものだった。景気が悪くなってくると、物理学研究室の教授は、女子には結婚を、男子には大学院進学を平然と勧めた。人のいい教授に悪意はなかったのだろうが、銀子が「司法試験を受けようと思います」と宣言したら、研究室中に大爆笑が巻き起こった。あの教授も、あの教室も、もう時代の波に淘汰されてしまっただろう。

銀子は頭から煙を出しながら提出期限の迫る準備書面[2]を作っている。そんなとき、事務局長の金さんは出来るだけ声をかけないようにしている。いつもは和やかな事務所の雰囲気も、大型案件の準備書面の提出前は、鬼気迫る緊迫感になる。銀子の作業に伴奏するように金さんのキーボード音も次第に速く強くなる。金さんは学生アルバイトに静かに指示しながら書面の提出準備を整えてゆく。二台のコピー機が膨大な医学文献のカラーコピーを刷り続ける音と、インクジェットの匂いが、日当たりのいい小さな事務所に広がってゆく。提出期限まであと一時間。張り詰めた空気を裂いて、電話が鳴った。

1　医療訴訟の勝訴率（原告認容率）は、令和四年の最高裁判所の統計で18・5%。一般通常訴訟は、84・3%であるから極めて低い勝訴率であることがよくわかる。

2　「準備書面」とは、裁判手続きにおいて主張を記載する書面のこと。民事裁判では訴状・答弁書・準備書面などの書面に、原、被告がそれぞれ主張を記載して提出する。

1

病院で殺された

ワンコールで受話器を取ると、金さんは低音のゆったりとした口調で、応対する。

「はい。白川銀子法律事務所でございます。当事務所は医療専門の法律事務所ですが、医療ミスのご相談でしょうか？」

優しい声が、ピリピリした事務所の空気を一変させる。電話口は物静かな中年女性だった。

「もう、事務所は終わりの時間ですよね。お話していいでしょうか。すみません……私は東山といいます。病院で、夫が殺されたので、相談したくてお電話を。一か月ぐらいで退院できるって言われてたのに、死んでしまって」

金さんが話す間も、銀子はモニターから片時も目を離さず作業を続け、電話のやり取りからもれてくるキーワードを耳だけで拾ってゆく。こういうとき、研修医のころに叩き込まれた情報収集方法のありがたさが身にしみる。まず、何よりも年齢と性別。それだけで情報の半分以上を占める。金さんは、銀子のほしがる情報を電話口であえて復誦しながら、聞き取りを進めてゆく。「五十代」、「男性」となると電話口は妻か妹か。「直腸がん」、「早期」、「三日目」、「大出血」、死亡とくれば遅発性出血か。外科医が術中に何かやらかしたに違いない。外科医の普通の感覚なら、早期の直腸がんでは人は死なない。リンパ節郭清もしていないのに、大出血は明らかにおかしい。腹腔鏡手術か、ロボット手術か、血管のクリップが外れたか、それとも結紮（けっさつ）が甘かったか。直腸なら仙骨静脈叢（じょうみゃくそう）かもしれない。三日目というのも、マイナーリーク（わずかな縫合不全）や感染には早すぎて不自然だ。出血に気づくのが遅れたまま三日間というのは考えにくい。とにかく、カルテとビデオが見たい。さて、病院は責任を認めているのだろうか。

金さんは、銀子の興味が電話口に向かっていることを察知し、電話をスピーカーフォンに切り替える。電話口の声は、やや震えているが覚悟を感じさせる落ち着いた話しぶりで、銀子は医療関係者かもしれないと思った。

「何が起こったか知りたくて。とにかく病院に殺されたんだと思っています」

銀子の事務所には、毎日、東山葵（ひがしやまあおい）のような遺族から電話やメールがくる。特に直接、電話をかけてくる依頼者は相当思い詰めている。たいてい冷静に丁寧に少しずつ事実を聞き出してゆくと、パニック状態で興奮していた相手も、少しずつ落ち着きを取り戻してゆく。金さんは静かな声でやさしく続ける。

「病院に殺・さ・れ・た、とおっしゃるのは、どういうことでしょうか」

「直腸がんだったんです。でも、早期で。死ぬはずありません。手術前には、大丈夫、一か月もしたら仕事に復帰できる、って」

「早期、とおっしゃいましたが、直腸がんのステージというものは、ご存知ですか?」

「はい。早期のステージI(ワン)といわれてました。私も看護師だったので一応、わかります。だから、あり得ないことが起こったと思っています」

銀子の事務所に連絡してくる依頼者は、医療関係者が圧倒的に多い。例えば医者夫婦が娘のことを相談してくる。看護師の息子が母のことを、理学療法士の兄が弟のことを、薬剤師の姉が妹のことを、「病院に殺された」「寝たきりにされた」といってやってくる。

一般的に、病院やクリニックでは医療関係者の患者は、喜ばれない。医療に詳しいだけに、一歩間違えばクレーマーになるモンスター予備軍だから、カルテには密かに「医療関係者マーク」を付けられたりしている。銀子がかつて勤務していた中堅病院やクリニックでも、星マークや、黒シールが表紙に貼られていたり、「〇〇大学医学部教授〇〇先生のご子息」などと赤の太字でポップアップする電子カルテもあった。医療関係者が病院でトラブルに遭うと、普通の弁護士では飽き足らず、医療専門の弁護士を探して銀子にたどり着く。日本全国を探しても、医療過誤を専門に扱う弁護士はごくわずかしかおらず、元外科医で患者側の立場に立つ弁護士は、今のところ銀子しかいない。そのため、北は北海道から南は沖縄まで、全国の患者や遺族が相談してくるのだ。

東山葵は、堰を切ったように話を続けた。

「手術は成功して、夫は、三日目まで話もできて元気でした。三日目の夜に急に大出血が起こって。緊急手術をしましたが、その後はずっとＩＣＵにいたまま亡くなりました。他の法律事務所とか、いくつか行ってみましたが、医療はわからないとか、諦めた方がいいとか、医療事件はやらないからとか言われました」

金さんはさらに事件の情報を収集しようとする。

「ご主人が手術を受けた病院の名前、教えていただけますか」

「あけがた病院です。千葉県の」

あけがた病院と聞いて、銀子がはじめてモニターから目を離し電話口の金さんを一瞥した。金さんは続ける。

「では、書類についてお聞きしますが、ご主人が亡くなったときの死亡診断書はお持ちですか？」

「はい。コピーをとってあります」

「一番上の欄、死亡の原因のところには何とかいてあるかわかりますか」

「ちょっと待ってください……敗血症性ショック、三か月と書いてあります。ＩＣＵに三か月いて、ずっと挿管されたまま娘達と話もできないまま亡くなりました」

「では、その次とか下の欄には何とかいてありますか」

「直腸がんと」

「そのあたりに、縫合不全（ほうごうふぜん）とか、術後出血とか、書いていませんか」

「いいえ。そんなことは全く」

「そうですか。辛いことをお聞きしますが、ご主人が亡くなってから、解剖はされましたか」

「はい。しました。解剖したほうがいい、と知り合いの医師に言われていましたから」

「そうでしたか。本当に、お辛い状況の中で、解剖、よく決断されたと思います。警察は来ていませんよね」

「ええ」

「概要はよくわかりました。お話をお聞かせいただき、ありがとうございました。では、まず、お手持ちの資料、関係しそうなものを全て、事務所宛に送ってくださいますか」

◇　◇　◇

電話を切った金さんは、先程の電話対応とは別人のような軽妙な口調で銀子に声をかける。

「銀子先生。これは、受任すべき事件ですね。いくらぐらいの予想見積もりで行きますか？」

電話用は低音の優しい声色だが、金さんは銀子の片腕かつ金庫番で、普段はお金の心配ばかりしているせっかち人間である。

「さっきの電話、金さんの依頼人チェックポイントは通過できたみたいね」

「まともそうなクライアントだと思いましたね。ひとまず法律相談の準備、進めます。口調も落ちついているし理解もいい。奥さんはお金持ちの余裕が漂っているから、ご主人の職業は、ＩＴ関係か、医療関係者と見た。五十代、働き盛りの死亡事故。年収九百万以上となると、ざっと見積もって逸失利益は、億超えですかね」

「計算、早いね。金さんには依頼者みんな、お金に見えるのね。それ以前に、ミスかどうかまだわからないでしょ」

「いやいや、ミスがない合併症なら銀子先生が興味示すはずないですし。仕事中にこっちむいたりしないですよね、いつもは」

「鋭いなぁ。話の内容からすると、何かのミスはあったんじゃないかと思う。でも、気になったのは相手方病院。久々のあけがた病院だと思って」

「あけがた病院って、今までありましたっけ?」

「金さんがうちに来るより前にあったの。寺山(てらやま)師匠と一緒にやらせてもらった初めての医療過誤事件」

「えー、銀子せんせー、師匠がいたはったんですか。わたしー『即独(そくどく)』やと思てました」

銀子と金さんの話に、アルバイトの清香(さやか)がコピーする手を止めないまま割って入る。

清香は京都出身の現役ロースクール生だ。即独とは、司法修習所を出て弁護士資格を取得してから法律事務所に雇われる経験なく、即、独立する弁護士のことだ。

「私は、即独よ。外科を週四日やりたいです、なんて正直に言ってたから、どこの弁護士事務所も雇ってくれなかったし」

「えー、ダブルライセンスなのにぃ？　わたしー、先生のことやから、すごい年収もらったはったんやと思ってましたー」

「この業界、そんなに甘くないからね」

「寺山弁護士って、聞いたことありますよ。まさか、あの、大阪の派手なおばちゃん弁護士じゃないですよね？」

「さすが金さん、情報通ね」

「銀子先生の師匠だったんですか？　医療事故専門の弁護士ですよね。病院の事務長やってたときに、保険医療協会からの情報が入ってきてまして。獲得賠償金が日本一っていう荒稼ぎ弁護士が、どんな奴かと思って調べたことがあって。ヒョウ柄着て、やたらと派手な弁護士ですよね。大阪って弁護士までヒョウ柄着てるのかって思って印象に残ってました」

「寺山先生はね、言うこともやることも本当に派手だった。師匠っていうのは、私が勝手に呼んでただけで、弟子にはしてもらえなかった。患者側の弁護士ならこの人しかいない、と思って大阪淀屋橋の事務所にまで押しかけたんだけど、雇って貰えなかった」

「へぇ～。一匹狼ってやつですね」

「そうかも知れない。寺山先生には、あなたは医師と弁護士の二つの資格を持ったのだから自分で独立できるでしょ、って軒弁すら断られた」

「今頃、後悔したはるでしょうねー。銀子先生を雇といたら、もっと勝って儲けられてたはずやのに」

軒弁とは、弁護士事務所の軒先を借りる弁護士のことで、ボスから給与や報酬を貰わずただ机だけを置かせてもらう条件で仕事を教えてもらう勤務形態のことである。弁護士飽和時代に、少しでも仕事を教えてもらいながら給料なしで机を置かせてもらって仕事をし始める「軒弁」は年々、増加傾向にあるといわれている。

「寺山弁護士、稼いでたのに、弁護士の給料を払えなかったんですかね?」

「真相はわからないけど、理由はお金じゃなかった気がする。無報酬でもいいから仕事を教えてほしい、ってお願いしたら、そんなに言うなら、今やってる事件一緒にやる? って言われてね。嬉しくて即答してしまった。それが、あけがた病院の事故だった」

「で、その事件で銀子先生は高額な報酬をゲットして、今に至るってことですか?」

「報酬は、いくらだったかなぁ。忘れたわ。当時は、本気で『日本の医療過誤事件を変えるんだ』とか思って私も、肩に力が入ってた」

「で、報酬は？」

「報酬は五分五分。ただし、一つだけ条件がある、って言われた」

「負けたら報酬なし、とか？」

「違う。条件は、『依頼者のために、何があっても、最後まで徹底的に戦うこと』」

清香がくすっと笑う。

「えー。なんかクサイ台詞。しょうもないです。そんなん、わざわざ言わへんでも銀子先生は、最後の最後まですっぽんみたいに食らいついて離さへん人やのに。わからへんかったんですかぁ。その偉い先生」

「それがね。その条件の意味は、後からわかってきた」

「というと？」

「あけがた病院に訴訟を起こした日、遺族の記者会見は初めてにしてはうまく出来たのよ。でも翌日、勤めていた病院に出勤したら、すぐ辞めてほしいと言われた」

「え！　病院には、弁護士もやってるって、言ってなかったんですか？」

「ちゃんと説明してたわよ。外科医は真面目にやりますけど週二日だけ弁護士がしたいです、っていってから就職したんだけどね。解雇の理由は、弁護士とは聞いていたけど、患者側の医療事件をやるなんて聞いていない、っていうのが病院の言い分」

「で、武闘派の銀子先生、解雇無効とか言って争ったんでしょう？」

「いやいや。辞める前に病院の事務長とちょっとだけ揉めて、残業代を三年分、一分一秒まできっちり払ってもらったけどね」

「やっぱり。さすが、すっぽん女」

「私にとっては、寺山先生と、医療過誤事件を経験することのほうが何より重要だったから解雇は争わなかった。きっと寺山先生は、わかってたのよね。現役の外科医をしながら患者側の医療過誤事件をやるってことが、医療業界でどれだけの軋轢を生むのか。病院辞めてきた、って報告したら、『銀ちゃんは本当に変わってる。医師・弁護士はみんな病院側弁護士になってゆくのに』、って言われた」

「でも、外科医を辞めて給料、激減したんじゃないですか。生活はどうしてたんですか。弁護士の報酬なんて入ってくるのは二年、三年先なのに。あの頃は確か、息子さんもいて……」

「え！　銀子先生、お坊ちゃんもいはるんですか？　お嬢さんだけやと思ってました」

「まぁ、その話は、また今度ね。その病院はやめたけど、拾う神もあって。流星総合医療センターの稲森先生が『そんな外科医がいてもいいんじゃないか』って誘ってくれた。センターでは、おじいちゃんの鼠径ヘルニア手術ばっかりやりながら、外科の救急外来で寝ずに準備書面を書いてたなぁ」

銀子は、寺山と一緒に十時間の手術ビデオを深夜まで見続けたことも懐かしく思い出した。あの頃、銀子には息子もいた。今はもう、寺山も、息子もいなくなってしまった。妻や母としては不合格だと自覚している。辛いことはできるだけ忘れるようにしてきたが、寺山との約束は守り続けてここまで来た。誰かのために仕事をすることで自分自身が救われてきた。銀子は「患者側弁護士としてはそろそろ合格点をもらえるでしょうか」と寺山に聞いてみたかった。

「さぁ、仕事、仕事。私の方は、提出書面、完成。あとは、金さんに任せるわね」

あの事件からもう十年近く経つ。亡くなった翔子ちゃんはまだ大学生だった。裁判が終わり、真新しい墓石に大きな花束を持参した日が有馬夫婦とも最後になった。あの夫婦は元気にしているだろうか。あけがた病院の顧問は、きっと今も老舗の松尾法律事務所だろう。三代目松尾弁護士も随分、年を取っただろう。あの、肝の座った看護師はもうあけがた病院にはいないだろうか。あの裁判は、寺山がいてくれたから、老獪な松尾弁護士も医者や看護師の尋問も全く怖くなかったが、今回は、銀子一人で切り込んで行かなくてはならない。「寺山先生、見ていて下さいね」銀子は、そう呟きながら事務所を出た。徹夜明けのむくんだ頬を八重洲のビル風がかすめていった。

銀子の事務所へ電話をしたあと、東山葵は手元に持っていた紙切れや書面を整理し直した。手術同意書にある夫のサインは見慣れた癖のある字で、手術前日の場面がよみがえって胸が熱くなった。ＩＣＵや入院中の身体拘束の同意説明書、死亡診断書、医療費を支払ったときの診療報酬明細書（レセプト）などを送れば足りるだろうか。夫が亡くなってから、入院中のカルテも見てみたいと思っていた。しかし、自分で入手できるものなのか、入手する際に改ざんされるのではないかと心配ばかりして、動けずにいた。ひとまず法律相談の予約ができ、手持ちの資料をまとめて封を閉じると、緊張の糸が切れた。リビングの椅子に座り込んで長いため息を吐くと、受話器を握っていた左手は汗ばんでいた。

東山葵の夫、東山大地は大手通信会社のシステムエンジニアだった。重要なプロジェクトの部長に昇進して大型案件を抱えた中で受けた検診で、直腸がんが見つかった。「早期発見だから手術で完治できますよ」という主治医の言葉を誰も疑わず、一か月もすれば仕事に戻れると安心していた。それなのに、大地は手術後三か月で死んでしまった。

手術の前日、若い主治医から手術の説明をされた夕方。葵と娘の綾も同席し、主治医の御池が手術方法の説明を始めると、大地は主治医の説明を遮って
「外来のときの先生にも説明しましたが、私自身、ロボット開発をしているので、先生方の勧めるロボット手術は正直、信用できないのです。ロボットは人の手と違い限界もある。自分のお腹の手術にロボットは使ってほしくありません。開腹手術にしてほしいと思っています」

そう断言した。大地が頑固なところは昔からで、葵は夫の希望どおりにしてほしいと静かに思っていた。若い主治医は、困った顔で、

「いえ、実は、ロボット手術に抵抗感があるということでしたら、腹腔鏡という方法もあります。とにかく開腹手術よりも傷も小さく術後の回復も早いです。今どき、ステージⅠの直腸がんに開腹手術をする方はおられません」

と必死でメリットを力説していた。それでも大地は繰り返した。

「お腹の傷は大きくても構いません。手術の後の回復だって、体力にはこの年でも自信があります。痛みにも強いです。リハビリも頑張れると思っています。それよりも、人の手で、確実、安全な手術をしてほしいというだけなんです。本人が頼んでもダメなんでしょうか」

やり取りを聞いていた葵は、主治医はロボット手術をやりたがっているだけのように思えた。患者が希望する方法でなぜいけないのか、新しいことをやりたいだけ、ということなら開腹手術のほうが安全なのではないかと。しかし、看護師の綾は、

「パパ。そんなことを言ってないで、ロボット手術のメリットだけでも、もうすこし詳しく聞いた方がいいんじゃないの。腹腔鏡でもいいしさ。ホント、意地っ張りなんだから。先生の意見も聞いてからさ」

と父親を説得しようとしていた。次女の綾は泌尿器科クリニックに勤めていて、大地や葵よりもロボット手術や最新の手術についてずっと詳しかった。葵自身も若い頃の数年間、総合病院で看護師をしていたことがあった。しかし、二人の娘を出産して以降は専業主婦だったから、最近の手術のことはよく知らなかった。知り合いの看護師からあ

けがた病院の富小路先生なら信頼できると勧められた言葉を信じきっていた。

大地は、とにかく開腹手術がいいんだ、と聞く耳を持たなかった。何故、あのとき、若い主治医に色々質問していた綾を、制止してしまったのだろう。もしあの時、綾の言うようにロボット手術について詳しく聞き、夫を説得していればこんなことにはならなかったのではないか。知り合いに勧められるままに、あけがた病院で手術しようなんて言わなければ、大地は今も生きていたのではないか。あれから毎晩、同じことばかりを考えてきた。

次女の綾は、大地に大出血が起こったときから、これは医療ミスだと言い続け、友人の看護師や知り合いの医者達に色々聞いて回っていた。綾の勤務先クリニックの院長は、大地の葬儀にも来てくれ、「ミスに違いないと思います。病院に騙されてはいけませんよ」と葵の手を握り勇気づけてくれた。しかし、いざ葵や綾が本気で弁護士事務所を探し始めると、これ以上は申し訳ないがコメントできない、と言葉を濁すようになった。周りの反応は次第に冷ややかになっていった。弁護士に相談するなんてやめたほうがいい、と何人に言われただろう。息子を失ったはずの義理の両親からも裁判なんてやめてほしいと反対された。葵の友人達も、医療裁判なんて勝てる訳がないし、そんなことをしてどうなるのかと冷たかった。葵自身、弁護士なんて、離婚相談をするイメージしかなかったし、どちらかといえば、自分たち医療従事者にとっては「敵」だと感じていた。まさか自分たちが医療ミスの被害者になるなんて、考えたこともなかった。医療過誤という言葉も、夫を失ってから初めて知ったくらいだ。つてを辿って大きな法律事務所や、弁護士会の法律相談にも行ってみたが、医療事件というだけで難しい顔をされた。それでも綾と二人で諦めずにインターネット検索を続け、やっと医療専門の銀子の事務所を見つけたのだ。

事務所に電話をした印象は、少なくともこれまでのような拒否的な対応ではなかった。葵は椅子から立ち上がり、次女の綾に電話をした。

「もしもし綾」

「ママ？　どうしたの。まだ私、勤務中だから」

「ああ、ごめんね。忙しいのに。やっと今日、あの法律事務所に電話してみたのよ。相談に乗ってくれそうな感じだった」

「そうなのね……よかった。やっとだね。また後で電話するわ」

綾への電話を切ると、葵は法律事務所に送る資料を手にして立ち上がった。法律相談の日には娘の綾と京子も一緒に行こう。今晩は、久しぶりに眠剤なしで眠れる気がした。こうして葵の静かな戦いが、始まった。

密室での心得

無機質な手術室に、ピッ、ピッと患者の心拍を示す音が規則的に鳴り響く。手術台の患者は青い滅菌シーツで覆われ、両足を開いた姿勢で足先まで青いシーツに覆われている。手術台に寝かされている患者は東山大地。五十八歳、男性、直腸がんステージI、既往歴、特になし。気管挿管され、両目にテープ、額には脳波モニターのセンサーが貼りつけられている。患者の胸のあたりには青いシーツが衝立のように張られ、患者の顔は、麻酔科医の鳥居妙子（とりいたえこ）のところからしか見えないようになっている。手術室の無影灯が、患者のピンク色の腸や、黄色い脂肪で脂ぎった術者三人の手袋をテカテカと照らしている。手術開始から約二時間。患者の左に立っている執刀医の富小路雅人（とみのこうじまさと）は、首を縮めて患者の骨盤の内をのぞき込んでいる。前に立つ助手の御池隆（おいけたかし）は、五年目の消化器外科医。右手に柄の長い鉗子を、左手に吸引管を持ち、富小路が手術をしやすいように術野を展開している。もう一人、清潔な術野に入っている第二助手は医者になったばかりの初期研修医。患者の股の間に立たされ、大きな金属の器具、筋鉤（きんこう）をひたすら引っ張り続けている。先月から外科をローテートしはじめたばかりで、言われるがまま、ただじっと動かず歯を食いしばっている。患者の頭側にいる麻酔科医の鳥居は鼻歌を歌いながら丸いすに腰掛け、血圧を麻酔チャートに記載していた。麻酔チャートは、麻酔科医、麻酔看護師が手術中に記録するグラフ状の記録で、患者のバイタルサイン（血圧・脈拍、体温、酸素飽和度等）や薬の投与量、時間、出血量など手術中の客観的記録がすべて反映されている重要な記録である。

すべて順調で、予定通りの手術だった。富小路の手術らしく、いつもどおりの適度な緊張感が保たれていた。

「ロングの電気メス」

富小路は術野を見据えながら紫色の手袋に覆われた右手を看護師五条瑞穂（ごじょうみずほ）の方に伸ばす。五条瑞穂は三年目の看護師。全身青いガウンに白い手袋をつけ、たっぷりのマスカラと濃い目張りに縁取られた目は、富小路と術野の様子を始終観察している。五条は、就職してからずっと手術室の看護師（オペ看）として働いている。オペ室には病棟とは違う緊張感があり、五条はこの仕事が気に入っていた。それに、他の外科医と違って富小路のオペは、テンポよくサクサク進んで心地よかった。オペ看達は競って富小路のオペの「手洗い」[3]に入りたがった。五条のような若手看護師でもオペ看を一、二年もやっていれば、外科医の上手下手はすぐわかるようになる。下手な外科医ほど段取りが悪く、術野はすぐ出血で赤くなり、自分が原因なのにイラついて声を荒げる。酷い医者になると、手術中に看護師に大声を出したりする。その点、富小路のオペは、穏やかな人柄どおりに常に程よい緊張感が保たれていて、手術終了時には、看護師達も達成感を共有できる雰囲気だった。五条も下部消化管の手術に入るようになり、これまで以上に自分の仕事に自信とやりがいを感じられるようになった。

五条は、富小路の声に「はいっ」と短く返事をしながら、既に待ち構えていた電気メスを大きな右掌に、音を立てるほどの強さでパチンと置く。富小路の目線は骨盤内をにらんだまま、左手の鑷子（せっし）で柔らかく薄い膜をそっとつかみ、右手で五条から受け取った電気メスの先端を骨盤内にゆっくりと向ける。富小路の手元がブレることはない。手術はいつも通り出血はほとんどなく、術野は限りなくドライだ[4]。

最近は腹腔鏡手術やロボット手術が圧倒的に多くなり、直腸手術も皆で大きなモニターを見ながらできるようになったが、一方で開腹手術は激減し、若い外科医は腹腔内の剥離層のふわっとした手触りを学ぶことが非常に難しくなった。今日の患者は、本人の強い希望で開腹手術になったから、富小路にとっては開腹手術の指導をする貴重な機会でもあった。こういう患者がいてくれるからこそ、外科医たちは成長することが出来る。富小路にとっても開腹での高位前方切除術は久しぶりだったが、基本動作は体に染みっついていて、富小路の動きに一切の迷いはなかった。ただ、富小路は、助手の御池にどこまで操作をさせるかを考えながら淡々と操作を続けていた。

術野から目を離さないまま、富小路が御池に声をかけた。

「御池、仙骨前面、剥離してみるか」

そういうと、電気メスでふわふわした組織の膜を優しく焼き広げたあと、顔を上げて、助手をしている御池に電気メスを渡した。

御池のような若手外科医達にとって、富小路は、チャレンジさせてくれるよき指導医だった。御池も、簡単な手術であるラパ胆（ラパコレ：腹腔鏡下胆嚢摘出術）やアッペ（虫垂炎）は一人でできるようになっていたが、まだ直腸がんの執刀経験はなかった。直腸がんは下部消化管といわれる大腸の中でも難易度が高く、まずはS状結腸を腹腔鏡でうまくこなせるようになってから、ということになっていた。御池も、直腸がんの執刀は、もっと先だと思っていた。しかし、チャンスは突然やってくる。

「仙骨方向には切り込むなよ。直腸背側、入る層はわかってるな」

「は、はい。予習してきました」

御池の握る電気メスの先端が、緊張で若干震えている。各臓器の剥離層を的確に把握し、正常部位を損傷せずに手術できるかどうかは、外科医に求められる最も重要な能力の一つである。人間も魚も体の構造は基本同じだから、当然のことながら魚をさばくのがうまい外科医は多いが、外科的センスの有無は、魚を捌かなくても助手をしたときの動きを見ればすぐわかる。当然、オペ看や麻酔科医は、外科医達の勘の良さやセンスの有無を静かに見極めながら仕事をしている。誰も「下手だ」と口にしないが、外科医の能力を見切ったうえで共同作業するのが手術のチームということになる。

東山大地の直腸がんは、人間ドックで早期発見できたステージI。まだ周りの臓器には全く影響を及ぼしていないはずだから、直腸周囲の剥離は型どおり、問題なく終えられる予定の手術だった。直腸は、他の腸に比べると正常組織との剥離層がややわかりにくい。その上、開腹手術では骨盤の奥底が術野になるため、術者一人しか操作している術野を直接見ることができない。執刀医には一人で剥離層を見極める力量と集中力が試される。直腸背側は、骨盤の仙骨部分が接し、仙骨の表面に編み目のように静脈が走行する仙骨静脈叢(そう5)に注意しなければならない。剥離層を誤らなければ、正常構造を損傷することはなく、ほとんど出血しないが、ここを損傷してしまうと1L(リットル)を超えるような大出血になることもある。

「あ、あっ」と御池のやや高い声のあとに、仙骨表面から静脈血がじわじわと溢れ湧き出した。御池の持つ電気メスの先端が、薄皮一枚分、仙骨寄りに入り込んで仙骨静脈叢を傷つけたのだ。術野の奥からは血が湧くように上がってきて、術野は赤く染まってゆく。動脈性の出血とは異なり、静脈性の出血は少し黒く、静かにひたひたと溢れてゆく。

「吸引！　ガーゼ！」

富小路の声がいつもより若干大きく、五条は息を止め自分の心臓が大きく脈打つのを感じた。

「御池、出血点にガーゼを置いてとにかく圧迫！　そのまま、じっと、していろ」

出血したときの基本はまず圧迫。そして、一旦止血しながら冷静になったあと、ゆっくり損傷部位を把握し、どう止めるかを考える。出血は、続かなければ全く問題はないし、確実に止めればいいだけのこと。冷静さを失ってはならない。

富小路は吸引管で術野にたまった血液を吸引し、御池に出血点を押さえさせたまま、吸引管をそっと置いた。そして音もたてずに両手から手術道具を放し、手袋のまま腕を組んで天井を仰いだ。目を閉じて一回、ゆっくりと深呼吸をする。御池は出血部位にガーゼを押し当てたまま動かず、術野の操作はすべて止まる。

御池の奇声を聞き、丸椅子に腰掛けていた麻酔科医の鳥居妙子がのっそりと立ち上がった。頭側の衝立ごしに術野をのぞき込み、「仙骨なら相当出るかな」とつぶやきながら静かに右手でクレンメを調節して補液量を上げ、外回りの看護師に、念のため輸血の準備を指示した。外回りの看護師たちは、指示されなくてもベッドの下に吊るしてある尿バッグの尿量と、吸引バケツの出血量の確認も怠らない。鳥居は手を動かしながら、「今日こそ早く帰れると思っていたのに。また保育園のお迎えは無理かもしれない」と思った。いつものように、外回り看護師に実家の母への電話も依頼してから、富小路に

「輸血、念のため準備開始します」

と小さな声で報告すると、富小路は鳥居を一瞥し軽く頷いた。鳥居は、「御池になんかやらせず自分で最後までやってくれたらよかったのに」と思いながらも、そんな素振りはおくびにも出さない。プロの麻酔科医は外科医にストレスを掛けるような無駄な動作はしない。

五分後、富小路はガーゼをゆっくり外すようにいいながら、出血してくるところを凝視し、損傷した血管を見つけるとそっと鑷子でつまみ上げた。

「御池、電メ」

御池が鑷子の先端近くに電気メスを触れると、富小路のつまんでいた血管が1㎜程ジジッと白く焼けて凝固した。かすかに焦げたにおいと術野に漂う白い煙。煙を吸引管で吸い取ると一呼吸おいてから、富小路は鑷子をゆっくり離してみる。しかし、白焼けの直ぐ側から、また血が溢れ、術野が再び赤くなる。

「まぁ、焼いても無理、だよな……針付き糸、5-0（ごーゼロ）プロリン」[6]

「はいっ」

五条は差し出された富小路の右掌から鑷子を取り、代わりに、針付きの糸をセットした持針器の柄を右手に置いた。

「クロスで結紮してみるか」

富小路は、小さくつぶやきながら傷ついた静脈の周囲に十字に糸をかけ、ゆっくり慎重に結紮する。糸をゆっくりと締め上げながら、マスクの下で大きな息を一つ。

「止まったか。出血量は?」

外回りの看護師が答える。

「吸引は八百。ガーゼは今カウント中」

「結構、出たな」

体重60kgの成人男性の血液は約5L程度だから、800㎖で脈拍や血圧などバイタルサインが崩れることはない。その後、手術は何事もなく進んでいった。出血が起こったのは手術の序盤だったが、その後は、淡々と富小路のペースで定型通り進んだ。ただし、御池にはもう二度と電気メスは渡らない。今回のチャンスはこれで終わりだ。

手術の最終盤、傷を閉じるまえに、仙骨前面に置いたガーゼはまだ赤く滲んでいた。ガーゼを交換してもじわじわと赤く染まり、富小路はさてどうするかと考えた。富小路自身、十年ほど前に経験した仙骨静脈叢の損傷は、当時の上司が十字に結紮してくれて止まった。富小路は、さらにもう一針、結紮をした。

「先生、止まりましたね」

黙っていた御池が、思わずほっとしたように声を出した。しかし、富小路はスッキリした気持ちになれなかった。損傷した相手は普通の血管ではなく仙骨静脈叢である。十字結紮だけで本当に大丈夫か。しかし、次の瞬間、思い直した。まあ、これだけきれいに止まっていれば大丈夫だろう。温かい生理食塩水3Lで腹腔内を洗浄したが、その後の出血はほとんどなかった。

御池と初期研修医が患者の切開創を閉じている間、富小路はガウンと手袋を取りながら思い出していた。そういえば昔、使ったことのある「仙骨ピン」[7]を出してもらってもよかったか。そう思っているうちに、患者の下腹部の傷は縫い合わされ、研修医が一生懸命、皮膚の表面にダーマボンドを塗っている。無事手術が終わり、東山大地を覆っていた青いシートも剥ぎ取られた。御池は血の付いた手袋を取り、早速、切除した直腸がんの標本をステンレスの盆に載せて患者家族のところに説明に行く準備を始めた。

「術後説明、行ってきます」

そう言う御池に、富小路が声をかける。

「御池、手術時間が三時間以上長引いたことをまず、はじめに謝っておけ。それから、長引いた理由、家族にはどう説明する?」

「剥離に時間がかかった、と言っておいたらいいでしょうか」

富小路は大きくうなずき

「それでいい」

と言った。富小路は、麻酔科医の鳥居に軽く会釈し、作業を続けている看護師達に「おつかれさん。お先に」と声をかけた。富小路には、午後のロボット手術の予定がある。朝一番の手術が三時間遅れ、遅い昼食を取るため一足早く手術室を出た。午後の手術は長くなりそうで、いつものざるそばでは足りないかもしれないな、と思いながら。

3 「手洗い」というのは、手術中に、清潔に手洗いをして滅菌されたガウンと手袋を付けた者、を意味する。
4 出血がない状態を「ドライ」と表現する。乾燥しているわけではない。
5 仙骨前面の静脈叢である。叢（くさむら）という名のとおり、静脈が編み目のように仙骨の表面に張り巡らされている。損傷すると大量出血になることが多く、平たい仙骨表面にあるため止血が難しい。
6 縫合糸の一つ。5-0（ごーゼロ）は糸の太さを、プロリンは糸の素材を示している。
7 仙骨静脈叢の止血のための画鋲のようなピン。出血している部位の骨に、まさに画鋲のように押し当てて止血するものである。

長引いた手術

手術の待合室には窓がなく、ところどころ擦り切れた合皮のソファーと古い事務用電話が置いてあるだけだった。ひんやりした薄暗い部屋で、妻の葵と娘の綾、京子の三人は不安そうに待っていた。聞いていた手術時間より三時間も長引いている。

急にドアの外に人の気配がしたかと思うと、ノックの音と同時にドアが開き、主治医の御池が入ってきた。薄緑色の手術着と帽子に、手術用マスクをつけたままの姿で、手にはステンレスのトレイをもっていた。トレイの上には、血と油の染み込んだガーゼで覆われた肉片がのぞいていた。手術終了の報告は主治医の仕事だ。標本としてホルマリン液につける前の「生」の状態で切除したがんを持参し、待っている家族に摘出したものを見せながら説明を行うことになっている。この説明には、患者がまだ手術室にいる間に、いち早く手術の無事を報告し家族を安心させるという重要な意味もある。

御池は、術後説明に行こうとしたときに富小路に呼び止められ、説明すら任せてもらえないのかと心配した。しかし富小路は自分で説明してみろ、と任せてくれた。こういうところが富小路が部下に支持される理由だ。術中のトラブルが起こった場合や、重大な決断を家族に迫る必要がある場合など、難しい話をする場面では研修医にその役割を任せない指導医は多いが、富小路は、御池を信じ託してくれた。

御池は、できる限りの笑顔を作り、丁寧な言葉遣いでゆっくり話すよう気を配った。

「大変、おまたせしてしまい申し訳ありません。手術は無事に終了しました。これは、切除したがんの組織ですが、ご覧になりますか。気持ち悪いかもしれませんが」

そう言うと御池は、丸椅子に腰掛け、テーブルの上に肉片の乗ったトレイを置いた。

葵はソファーから立ち上がり、若い御池に、ゆっくり深く頭を下げた。

「本当にありがとうございました」

娘二人も立ち上がり、御池も丸椅子から立ち上がった。妻の葵が頭を上げると、次女の綾が、御池に尋ねる。

「これ、スマホで撮ってもいいですか?」

御池は、綾が看護師だったことを思い出しながら、

「もちろん構いませんよ」

と応じ、肉片に掛けられていたガーゼを取り除いた。血の付いたうすピンク色の標本は、蛍光灯の薄暗い光でもヌメヌメと光っているが、肉や血の臭いは全くしない。綾は、熱心にスマホで写真を撮っている。葵は、今まで夫を苦しめていた「がん」が、こうして机の上に載っていることを不思議な感覚で眺めていた。長女の京子は脂ぎった肉

片よりも、手術が長くなったことが気になっていた。御池は、妻の葵の方を向いて説明を始めた。

「手術は無事終了して、今、ご主人は麻酔から覚めている途中です。確認のためのレントゲンを撮ったり、喉に入れていた管を抜いたりしてから、もう少しすれば手術室から出て来られますので」

京子が、上目遣いでおそるおそる御池に尋ねた。

「えっと、ひとつだけ、こんなこと聞いてもいいかどうか……時間がかかったように思うのですが、何かあったんでしょうか。父は、大丈夫なんでしょうか」

「それは、あの、思っていたより腸が癒着していまして、腸の癒着です。くっついていたところがあって、それを剥離するときに少し出血しました。でも止血できています。問題なく終わっていますし、大丈夫です」

葵は、少し早口になった御池の眼をじっと見つめていたが、御池の顔はほとんどマスクで覆われ、メガネの奥にある眼の動きからは感情を読み取れなかった。長女の京子は御池の説明に納得し、ホッとした様子だった。

手術室の自動扉が静かに開き、大地の寝かされたベッドが手術室から出てきた。大地には真っ白のきれいな布団が首まで深く掛けられていた。顔には酸素マスクが載せられていたが、頬には赤みが差し、目を閉じたまま静かに眠っているように見えた。

京子が声をかける。

「パパ、わかる？　パパ！」

大地は薄目を開け、布団の下に差し入れられた葵の手を握り返してきた。大地の暖かい手が握る動きを感じて、葵は安心した。早く手術をして本当によかった。これでもう大丈夫だ。がんは冷たく光る肉片になり、大地の体から取り除かれたのだ。

手術後、大地の回復は順調だった。手術翌日には、早くママのご飯が食べたいと言って葵を喜ばせ、術後三日目の土曜日には、大地の個室に家族皆が揃った。葵は個室のソファで、京子は大地のベッドの足元に座って、くつろいでいた。

「もう、仕事したくなってきたなぁ」

「パパらしいわよね。もう仕事のこと言ってる」

「パパは仕事してないと死んじゃうからね」

夕方には、綾もあわただしく息を切らせながら部屋に入ってきた。

「遅くなってごめんなさい。外来が長引いちゃって」

「忙しい病院を辞めてクリニックに行ったんだろう？　土曜も仕事なんて、こき使われてるんじゃないのか」

「そんなことないわよ。院長、案外、いい人なのよ。ウロ[8]のクリニックはあんまりないから、結構、繁盛してるのよ。お給料も他よりいいしね」

「そうか。それならよかった。ママと京子が、綾は忙しすぎるんじゃないかって心配してたから」

「それより、ママ、ちゃんとドクターから説明、聞いてる？　ドレーンとか点滴とかわかってないんだから。もう、モニターは全部外れたみたいだけど、直腸の手術だからドレーンはまだ時間かかるのかな。排ガス[9]、じゃなくておならは出た？」

綾は今のクリニックに勤める前には、総合病院の外科病棟で働いていた。

「うーん。おならはまだかな。腹が動き始めた感じはある。傷もまだまだ痛いが、まぁこんなもんだろう」

「パパが開腹手術にこだわるから、大きな傷になっちゃったのよ。だから言ったでしょ。今どき、開腹手術なんて。腹腔鏡とかダビンチ[10]が普通なのに、頑固なんだから」

「ロボットで手術するなんて、ロボットエンジニアにとっては怖くて仕方がない。少しくらい傷が大きくても、命が助かる方が大事だろう」

「そりゃそうだけど。自分はロボット作ってるくせに」

「ロボットの限界も知ってるからね」

「お掃除ロボットは、新しいものが出たらすぐ買い替えるくせに」

「掃除と手術は全然違うだろう」

「まぁ、とにかく、おならは手術で傷ついた腸が動き出すサインだからすごく大事なの」

「そうなのか」

「だいたい術後数日までは、腸が切られてびっくりして動かなくなる。そこから少しずつ動き出して、まずはガスが出る。ガスが出たら、腸が動き出したサインだから、白湯から食事を始めていく」

「さすが外科病棟にいた看護師。頼りになるねぇ」

「茶化さないでよ。本当に心配してるのよ。消化器外科は、合併症とか遅れて起こってくることもあるんだから」

「おいおい、怖がらせるなよ。せっかく順調にきてるんだから」

「ママは、いろいろ詳しい綾がいてくれてほんとに助かってるわよ」

薄青色のカーテンの隙間から西日が差し込み、京子の持ってきた黄色のガーベラを照らしていた。

「仕事始まったらまた忙しくなるし、休みのうちに皆で旅行でも行きたいなぁ。久しぶりに」

「もう退院する気になってるのね。それなら退院祝いにママと二人で行って来たら?」

「私は、そんなのいいわよ」

そう言いながらも、葵の顔には満面の笑みが浮かんだ。こうして夫婦と子どもたちが皆でそろうのは何年ぶりだろう。結婚してからこれまで、本当に色々なことがあった。子どもたちを連れて実家へ帰ろうと思ったことも一度や二度ではない。しかし今は、子どもたちも成長し、ここまで何とかやってきてよかったと本当に思う。大地が退院したら少しはゆっくりした時間を過ごしたい、と素直に思った。

「じゃあ、私は、子どもの迎えがあるから行くわ。明日はカナもつれてくるわね。じいじに会いたがってるから」

「私も、明日は休みだから、久しぶりに実家に泊まっていくわ」

「パパ、それじゃ私も綾とご飯食べに行ってくるわね。明日の午後、いつものように新聞買って来たらいいわね」


その日の深夜、午前二時十五分。リビングの電話が鳴り響いた。葵は、夢か現実か区別がつかないまま、電話の音を聞いていた。しかし、電話の音は鳴りやまず三回、四回と続く。夢ではないか、こんな深夜に電話があるはずがない。そう思っていると、電話の音が止まり、遠くで綾の声が聞こえた。現実だ。葵は起き上がって、リビングの扉を開けた。受話器を耳に当てている綾の顔はこわばり、青ざめている。葵は近寄って綾の話す電話の内容を聞き取ろうとした。

「出血したってどういうことですか！」

「今、父は大丈夫なんですか」

綾の興奮した様子で、大地に急変があったことがわかった。電話を切ると綾は
「ママ、急いでとにかく病院に行こう。早く。出血したって！」

葵は、夕方まであんなに元気だったのに何が起こったのか、状況がつかめないまま不

安だけが募り、息ができないような気がした。一体、何が起こったのか。とにかく急いで病院へ行かなければならない。二人は上着をひっかけて、病院へ急いだ。

8 ウロは、Urology（泌尿器科）のこと。

9 消化器外科の手術では、腸管が動き出したサインのおなら（排ガス）が回復過程の最初のサインとして重要である。手術侵襲の程度によるが、順調に回復していれば数日程度でお腹が動き出し、おならが出れば順調な回復で、食事開始の目安にもなる。

10 ダビンチ da Vinci は、米国インテュイティブサージカル社が開発した手術支援ロボットシステムのこと。

4

ICUにて

急いであけがた病院に向かったが、葵と綾が病院に到着したときには、午前三時を過ぎていた。外科病棟のエレベーターを降りると、うす暗い廊下の先に大地の個室から蛍光灯の光が漏れていた。深夜の病棟に灯された明かりは、そこだけ異様な気配だった。

ナースステーションの前で、看護師が二人に声をかけようとしたが、綾は個室まで走って行きドアを開けた。ベッドの上の大地は、裸にされ顔や手足にたくさんのチューブがつなげられていた。シーツや病室の壁には血しぶきが飛び散っていた。床にも赤黒い液体がこぼれ、赤黒い液体は青いバケツにも入っていて無造作に置かれていた。綾はとっさに大地の状況を把握しようと必死に観察した。大地の左足の付け根から全開で点滴が投与されている。右足、右腕にも点滴、口に突っ込まれた挿管チューブは茶色い血の付いたテープで顔に張り付けられていた。主治医の御池は、寝ぐせがついたままで、白衣の下はジャージ姿だった。葵はチューブにつながれた夫と、周りでバタバタ動いている医者や看護師を、ただ茫然と眺めていた。次女の綾は、立ったまま主治医の御池から「大量出血を止めるために緊急手術が必要だ」と説明を受け、母に代わって緊急手術の同意書にサインをした。

あっという間に、大地はベッドごと暗い廊下を通って手術室に吸い込まれていった。

緊急手術は三時間で終わった。大地のベッドが手術室から出てきた頃には、外は明るくなりはじめていた。手術が終わると大地のベッドは手術室から直接ＩＣＵに運ばれたという。この前の手術の時とは明らかに違う。富小路医師が、無事に手術が終わったと説明に来たが、その顔は疲れが見え、葵には嫌な予感がした。夫は助からないのではないか、そう思った葵の直感は間違っていなかった。その日以降、大地はＩＣＵで管につながれ、一度も目を開けることはなかった。人工呼吸器につながれたまま、一度も声を出すこともなく、意識も一度も戻らないまま三か月が経った。

葵は、毎日カレンダーに日数を書いて大地の見舞いに行っていた。大量出血の日から、今日で八十九日目になる。今日も、意識のない大地のベッドサイドに来た。ＩＣＵはいつも蛍光灯の光が煌々と照らされ、モニターの機械が発する電子音が溢れていた。規則的なかすれた音は人工呼吸器が口から空気を押し込む音。人間の口と器械をつなぐ蛇腹チューブは、音のするたびかすかに曇り、揺れる。ビタミンを含んだ尿臭と、消毒液、消臭スプレーの花の匂いが混ざった空気にも、もう慣れてしまった。大地の他にも管につながれた患者達が、等間隔に並んだベッドに寝かされている。患者は日々変わっているのかもしれないが、違いはよく判らない。等間隔のベッドの隙間を、医師や看護師が回遊魚のように、音もたてずに動き回っている。ここでは音や臭いが、患者達の命を表していた。

入院する前まで、夫の大地は、自転車が趣味で引き締まった身体に浅黒い顔だった。今は、別人のようにむくみ全身も白く腫れあがっている。大地の友人たちが見てもおそらく大地だとは気づかないだろう。まつげには黄色い目やにがこびり付いたまま、半開きの眼の上から乾燥予防の透明のテープが張り付けられている。

葵は、先ほど主治医の御池から言われた言葉を反すうしていた。

「できる限りのことは手を尽くして行っています。それでも、昨日から血圧の変動が激しく、このまま透析を続けるのも危険な状態になってきました。ここ数日かもしれません」

ここ数日という遠回しな表現だったが、葵も元看護師だから透析ができなければ、もう大地が死ぬという意味だとわかっていた。できる限りのこと、と主治医の御池は言っていた。しかし、夫は早期の直腸がんだったはずだ。できる限りのことをしたなら、三か月でこんな姿になって死ぬことはなかった。御池は数日に一回、葵のところにやってきたが、その言葉には、葵が聞きたい言葉がいつも抜け落ちていた。なぜこんなことになったのか、その説明がない。ただ、葵は御池を問いただそうとは思わなかった。彼に聞いても意味はない。

御池が妻に説明している間、看護師のえびす安子（やすこ）は、御池と妻の様子を少し離れたところから見守っていた。妻の葵は、丸椅子に座って寝たきり患者のベッドサイドで夫の顔を見つめ続け、御池は、妻の横顔に向かって透析中止の報告をしていた。元看護師なら、透析中止が死を意味することは、理解しているはずだ。えびすが見ている限り妻の表情は全く変わらなかった。死亡宣告を受けても表情が変わらず、ただ一点を見つめている妻は、抜けがらのように見えた。えびすは、終始やわらかな笑顔を保って葵が気づくまで傍らに静かに立っていた。

えびす安子は看護師歴三十五年、あけがた病院の消化器外科病棟に十年以上いるベテラン看護師長であり、医療安全管理室の一員[11]でもあった。病院なのだから病気で患者が亡くなるなら問題はない。しかし、予想していない亡くなり方をするときは、様々な問題が起こり始める。実際、えびすは、病気ではなく事故で亡くなる患者を、数えきれないほど見てきた。そんなとき、家族の対応をするのもえびすの仕事だった。長く病院にいれば、それだけ色々と見ることになる。

医療安全の看護師は、トラブル対応が仕事と思われがちだが、実際はそうではない。事故が起こらないように予防することや、実際に起こってしまった事故の記録の保全、関係者への聞き取りも重要な仕事だ。人の記憶なんて所詮あいまいなものだから、関係者の記憶が薄れないうちに、できるだけ早く事実を聞き取っておかなければ、事実はすぐに消え去ってしまう。特に、被害感情の強い家族は、思い込みで都合よくストーリーを作り上げてしまうことがある。保全が必要なのはカルテ等の記録だけではない。医者や看護師が家族に話した内容、家族からの発言やクレーム、家族の表情や態度、ささいなメモや紙こそが重要になったりする。えびすは、痛いほどその重要性を知っているから、現場の看護師達に、自らを守るために記録を残すよう日ごろから厳しく指導していた。

東山大地の記録も、大出血を起こした後から整理を始めていた。聞き取り内容は、すでに普通の患者カルテとは別にきちんと保管してある。事故だと考えれば家族はまずカルテ開示を求めてくる。カルテ開示だけなら診療録を出せば済む。患者たちがカルテを開示しろと騒いだところで、開示する診療記録を事前にチェックしておくことも出来るし、スムーズに開示しさえすれば患者や遺族から妙に勘ぐられるようなこともない。えびすはカルテ開示など、厚生労働省からの通達にすぎないし、法律もなければ、違反しても何の罰則もないことも知っていた。「診療録」と言われればカルテだけ出せばいい、つまり無駄なものは出さなくていい、と顧問弁護士の松尾もいつも言っていた。だからこそ、えびす達医療安全が収集した記録は、診療録とは別のものとして保管しておかなければならない。

カルテ開示ぐらいでガタガタ騒ぐ医者はまだまだ多いが、えびすから見れば、開示請求されることをいつも意識してカルテを書いておけばそれで済むことだ。日ごろ、医者達にも「見せてもいいカルテを書いてほしい」と口酸っぱく説明しているが、医者は痛い目に遭わないと理解できないのか、なかなかえびすの言うことを聞いてくれない。自らを守る方法はカルテしかないということを、いい加減に医者もわかって欲しいと思う。

カルテ開示だけではない。患者が医療ミスだと騒ぎ出すと医師たちはたいてい慌てふためく。日ごろありがとうと言われ慣れている医者たちは、責められることに免疫がなく、冷静に落ち着いた対処ができなくなるのだ。大抵の医者は、逃げるか、キレる。えびすは、トラブルになったときこそ、その医者の人間性があぶり出されると知っていた。自分たち看護師は、一旦、事故が起これば、「医者を出せ」「院長を出せ」「カルテ改ざんだ」「隠ぺいだ」と最前線で責められ続ける。原因は、看護師にあるわけではないのに、トラブルの最前線に置かれるのは常に看護師なのだ。私たち看護師が最前線を守らなければ、現場は回らなくなり病院全体が混乱に陥る。そのことを医者たちはもっと自覚すべきだ。えびすは、看護師達が病院のため、医者のためといわれて心を病み、辞めていくのもたくさん見てきた。

ひどい事故や、被害感情の強い遺族の場合には、何の前触れもなく、いきなり弁護士が裁判官と一緒に病院に乗り込んでくることもある。カルテを差し押さえる証拠保全だ。証拠保全は、改ざんや隠蔽を避けるため準備の時間が一、二時間しかない。しかしカルテ開示も証拠保全も予想していれば恐れることはない。日ごろから記録を整理し、開示してもよいように備えておくことが基本だ。それに、問題のある資料をカルテと別に保管しても、何のお咎めもないから、何も知らない裁判官や弁護士が、足りないものに気づかなければ、問題になることすらない。えびすはそのあたりも松尾弁護士と相談し、病院の安全対策全体のまとめ役を担っていた。

えびすがこんな役割を担うようになったのは、長い看護師歴以外にも訳があった。モンスターペイシェントも、カルテ開示も、証拠保全も、裁判沙汰すら、えびすの苦い経験は、彼女自身の貴重な財産になっていた。

えびすは思う。今回は、今、保全が来てもぬかりはない。患者が三か月も生きてくれたおかげで、関係者からの聞き取りも既に終えている。執刀医の二人、麻酔科医の鳥居妙子、現場を見ていたオペ看、五条瑞穂にも詳しく事情は聞いてあった。当時手術に立ち合った研修医は、ぼんやりした精神科志望だし、手術のお作法もわからないまま外科研修を終えていったから、家族に無駄なことを話す可能性は低いだろう。

今、えびすの最大の関心事は、患者のベッドサイドに毎日通う妻が、患者の死亡でどう変化するかということだった。自分の仕事は、患者や家族の性格を観察し、トラブルの種をできるだけ小さいうちに摘み取ることにある。えびすには、遺体が病院外に運び出され無事に葬儀が終わるその日まで、ひたすら泣き言やぐち、苦情を聞く覚悟はできていた。すでにＩＣＵの看護師たちから妻、葵の性格は聞き取り済みだが、物静かで礼儀正しい元看護師ということ以外、目立った情報はない。娘の一人も看護師で、出血した時には「医療ミスだ」と何度も御池に詰め寄ったと聞いている。逆上するタイプは、即座に謝れば大抵、何とかなるものだ。恫喝するような家族は、ひたすら謝ればたいていはお金を払ってまで弁護士を雇ったりしない。「病院で殺された」と訴えて警察に行ったりすることはあっても、検察が起訴することはほとんどないと松尾弁護士からも聞いている。恫喝されたら毅然とした態度を取り、警察を呼ぶよう、えびすは看護師達にも指導していた。

今回の事故では、娘の綾も大声を出すことはなかったらしい。その上、最近は病院に顔を見せることもほとんどないという。しかし、妻の葵は、ただ静かに毎日毎日、寝たきりの夫の顔を眺めに来ている。今日も、えびすがＩＣＵに来た時から、表情を一切変えず、三十分以上ぼんやりと夫の顔を眺めている。三か月間、意識のない夫のためにＩＣＵに通い続けることは、通常の神経ではなかなかできることではない。仲の良い夫婦ほど何も語らない配偶者を見ているだけで辛くなってくる。たいていは初めの頃は熱心に通い声を掛けるが、次第に意識がない相手に声をかけることすらしなくなり、一か月もすれば、面会の頻度は減ってくるものだ。

しかし葵は、ただひっそりと、毎日、同じ時刻に通い続けている。えびすの経験は、こういう妻こそ危険だと語っていた。本当に怖いのは、葵のように静かに思いつめるタイプの家族なのだ。静かにひっそりと、訴訟の準備を進めていたりする。例えば夫の浮気を知った妻が、離婚の準備として敢えて夫を泳がせるように、じっと静かに感情を押し殺し、その仮面の下で淡々と計画を遂行していたりするのだ。

夫に寄り添っていた葵は、静かにすっと立ち上がると、えびすを見つけて軽く会釈をした。えびすは温かい笑みを保ちながら、深々と頭を下げた。えびすが頭を上げたときには葵の姿はすでにＩＣＵにはなかった。

11　医療安全管理者の仕事は、日ごろは事故予防的活動が中心である。処方、輸血、調剤、ドレーンやチューブ、薬剤、医療機器などの管理によって人為的なミスが起こらないようさまざまな工夫を行う。事故が起こった際のインシデントレポートの収集・評価も行う。

5

苦い過去

東山大地はえびすが葵を見かけた三日後に亡くなった。患者が亡くなって一か月半が経った。えびすは、外科病棟の北の端にある小さな部屋で、遺族説明会の文書を作り、調査の結果を最終確認していた。

東山大地の職業はシステムエンジニアで、ロボットシステムの開発をしていた。既往歴は特になかった。早期の直腸がんの手術三日後に大量出血を起こし、その後三か月で死亡した。妻は元看護師、次女は現役の看護師で、長女は専業主婦。その他、家族や親戚に医療関係者は、わかる範囲ではいないようだ。死後、改めて説明会を求めてきたのは次女の綾だった。口頭の説明ではなく、文書を作るよう求めてきたところをみると、既に入れ知恵をする誰かが背後にいるのかもしれない。最近の若手弁護士は安い仕事でもすぐに引き受ける、と松尾弁護士は語っていた。もう弁護士に相談しているかもしれない。しかし、えびすには確信があった。今回は、富小路の手術は問題なく、手術後の再出血は外科でありふれた、仕方のない合併症で、医療ミスではない。えびす自身、外科病棟の経験が長く、それくらいのことはわかる。

しかし、患者を亡くした遺族はそう考えてはくれない。特に医療関係者の家族は、合併症という説明では簡単に納得しない。今回の説明会は荒れるだろうが、実際に問題がなかったのだから自信を持って正々堂々と説明するだけだ。

　妻の葵は、結局、三か月間のＩＣＵ入院中、医者や看護師を責めるような発言は一度もなかったと聞いている。ただ、えびすが気になったのは、解剖をすることになった経緯だ。葵は夫の心臓が止まった瞬間も、泣くことなく、いつものように静かに当直医の死亡確認をじっと見つめていたという。

「ご臨終です」

　若い当直医がそう言って、看護師とともに黙礼をしているときに、

「別の病院で、病理解剖をしてください」

とはっきり言ったという。えびすの思っていたとおり、やはり恐ろしい女だ。

　しかし、病理解剖をしたとしても出血が起こったという事実がわかるだけだ。実際、病院に不利なことは何も出てこなかった。大学病院での病理解剖には主治医の御池も立ち合い、腹腔内が血腫と癒着でベタベタに固まっていたと話していた。病理医が作った病理解剖報告書も、病理医に手術のことがわかるはずもなく、たいしたことは書かれないだろうと富小路と話していたとおりだった。死亡三か月前の手術についてのコメントは一切なかった。妻の葵は、元看護師らしいが、そんなこともわからず「解剖」と言っ

ていたのだとしたら大したことはない。

病理医の解剖結果報告書はそのまま見せても問題なさそうだ。えびすは御池の書いた退院時サマリーを少し書き直し、事故調査報告書を完成させた。説明会の準備はこれですべて整った。今回は、以前えびすが経験した悲惨な事故とは明らかに違うのだ。


えびすは、日当たりの悪いこの部屋で、何回も看護師長から聞き取りを受けた十四年前を思い出していた。えびす安子は、亡くなった有馬翔子の担当看護師だった。事故の当時、ひどい医者がひどい手術をした結果だと外科病棟の看護師達は皆わかっていた。当時、外科部長だった鮫貝(さめがい)は、看護師の間でも相当嫌われていた。つり上がった目と薄い唇、狐のような顔は笑うとさらに冷たさが目立ち、自分の失敗を他の外科医や看護師のせいにする最低の男だった。どんな職場にも一定割合最低な人間はいる。しかし、えびすは、事故の後、看護師長からその最低な男を守るため口止めされた。この部屋で行われた聞き取りとは名ばかりで、実際は「これ以上、何も話すな」という暗黙の圧力をかけるための圧迫面接だったと思う。

「あなたは手術を見ていたわけではないでしょ。タダの病棟看護師で見てないこととまで家族に話す必要はないはずよね。そんなこともわからないのかしら！」

　えびすは当時、亡くなった患者の担当として患者の母親に、見た事実を伝えただけだった。

「だから、それが余計なことだということがわからないの？」

「余計な事……ですか……看護師として……私は患者さんのために……」

「余計なことだってわからないかしら。あなたがいらないことを言うから、現場はこうして実際、混乱してるのよ。まだわからないの。何年、外科にいるの、あなた。外科病棟の看護師として自覚がないの？」

「そんなこと……」

「わからない？　わからないなら教えてあげるわよ。いらないことは一切言わなくていいのよ。看護師なんだから。ドクターに迷惑がかかることをしてどうするの？」

「でも、あのドクターのせいで……」

「何？　医者がいなくて病院が成り立つとでも思ってるの？」

　今思い出しても、嫌な体験だった。部下を守る意識の全くない看護師長。あの時、辞めなかった自分は、本当によく耐えたと思う。

当時の院長もひどかった。西亜大学医学部の内科・元助教授で、定年後、あけがた病院の雇われ院長になった人物だった。優柔不断でトラブルがあるとすぐ逃げ出すタイプで全く頼りにならなかった。外科部長の鮫貝が合併症だと言い張れば、内科出身の院長は一切反論しなかった。当時、外科病棟の看護師が事故直後に五人辞めたが、呼吸器外科担当の看護師だったえびすは辞めなかった。オペ室の看護師長とオペ看も四人辞めた。オペ室の看護師長は外科医達から信頼され、看護師や他の医療従事者からの人望も厚く、次期看護部長と言われていたが、

「こんなところで私は働けない。安子さんは本当に強い人だから大丈夫。頑張ってね」

とえびすに言い残して病院を去っていった。

その後、えびすは娘を失った父親が精神科病院に入院した、という噂を聞いたが、一人娘を亡くす感覚は、子どもがないまま離婚したえびすにはわからなかった。男が精神科に入院するなんて、生活はどうするのだろうか、自分は独り身で気楽だと考えて、流石に不謹慎だと思った。その後は、外科部長も別の人になり新しい看護師も増えて外科病棟の雰囲気が変わっていくと、事件そのものを忘れていった。

ビデオの衝撃

十四年前、二十代の健康な女性があけがた病院の「手術台の上で」死んだ。銀子が初めて担当した医療過誤事件だった。事故でなくなった患者は有馬翔子。テニスが大好きな大学生で、父親が大切にしていた写真には、健康的に日焼けした女の子がトロフィーを持って笑顔で写っていた。

患者が死んだ手術ビデオの衝撃は、今も銀子の脳裏に焼き付いていた。手術の前半に、不器用な動きの胸腔鏡用鉗子が、血管に引っかかって血管を引き裂いた。実際の手術ビデオは「無音」だが、見ていた銀子には血管の裂けた音が聞こえたようだった。血管は2㎜ほどで太いものではなかったが、動脈だったため、出血の瞬間に血しぶきが飛んだ。胸腔鏡のスコープ先端についているカメラは、一瞬で画面が真っ赤になった。その後もビデオは続いていたが、止血の操作をしようとするたびに別の部位を損傷する泥縄状態だった。右上葉の一部を切除する予定の手術が、片肺の全摘出になり、それでも止血出来ないまま、今度は、心臓の一部も傷つけてしまい患者の血が術野に溢れ続けるという、信じられない光景が延々と続いていた。

そもそも若い患者が手術台の上で死ぬことは極めて異常な事態だ。しかも、病気は不治の病ではなく、健康な若者に多いありふれた良性の疾患「気胸」だった。気胸は、肺に穴があいて空気が漏れ、タイヤのパンクのように肺がしぼんでしまい、痛みや息切れなどが生じる病気だ。普通は、気胸の手術で人は死なない。医者や看護師達も当然おかしいと思っていたはずだ。一人娘を失った母親は、銀子と寺山に、胸腔鏡で有名な医者ときいていたことや、初めて会った日に自信満々な様子で「肺の穴をちょっと塞げば元気になる」と言っていた様子を話してくれた。有馬夫妻は、あんな医者を信じた自分たちのせいで娘が亡くなってしまった、と後悔ばかりしていた。

当時は、呼吸器外科では全国的に胸腔鏡の手術が急激に広がっていった時期だった。気胸手術は胸腔鏡手術の最も初歩的なトレーニングで、銀子も研修医の頃に気胸の「ブラ切除」手術をやらせてもらったことがある。ブラというのは肺の表面にできた「のう胞」という小さな袋のことで、その袋に穴が開くことで肺がしぼんでしまうため気胸が起こる。小さな袋の部分を切り取る「ブラ切除」をすれば、気胸は簡単に治癒した。研修医でも出来る簡単な手術になってきた背景には、胸腔鏡用の手術器具の進化も関係していた。肺は小さな空気の袋が集まった臓器だから、穴が開いた風船の一部を切り取って密封することが必要になる。肺の一部を切除するときには、ホッチキスの歯が何十個もついたような器具で、肺の一部を切りながら封をするようにシーリングしていく。大昔は、切った肺の切れ端を手縫いで塞がなければいけない時代もあったようだが、もはや専用の器具を「ガッチャン」とするだけで肺を切ると同時に切除断端をシーリングしながら閉じることができる時代になっていた。その結果、呼吸器外科の手術成績は飛躍的に向上し、合併症も激減した。

すでに開胸手術より胸腔鏡手術のほうが一般的になりつつあり、研修医達は開胸手術の経験なしに胸腔鏡手術を始める、ということが普通になっていた。胸腔鏡の適応拡大は目を見張るスピードで進み、呼吸器外科医は皆、胸腔鏡の手術を積極的に患者に勧めていた。呼吸器外科学会の会場では、胸腔鏡を使った手術動画を示して技術を競い、手術の症例数だけではなく、手術時間の短縮や、出血量の少なさ、傷の小ささ、穴の少なさを自慢しあっていた。

銀子より先にビデオやカルテの検討を始めていた寺山は、既に知り合いの呼吸器外科医にカルテやビデオを持ってゆき、話を聞いてきていた。寺山がいうには、話を聞かせてくれたのは正義感の強い東北地方の某大学病院の元教授で、銀子も学会で見かけたことがある、呼吸器外科界の重鎮だった。驚くべきことに、寺山には医療裁判に協力する専門医の知人がたくさんいた。医療訴訟では、患者側は、「協力医」と言われる医師たちの協力無しには勝訴することは困難で、協力医がいないために敗訴してしまう事件がたくさんあった。銀子は弁護士資格をとってから医学部に入学した異色の経歴だったから、在学中から弁護士の視点で医学を眺めていた。これまでの医療裁判の判例も読みあさり、医療訴訟の現状を変えなければと考えて、第一人者だった寺山の元を訪ねた。寺山は当時、誰よりも医療訴訟を手掛け、勝訴に導いていた。しかし、銀子はなぜ専門医の知人をたくさん持っているのか不思議に思っていた。寺山の両親は医者でも弁護士でもなかったし、親族に医者などいなかった。だが、銀子は、寺山と一緒に仕事をし始めて、その派手な見た目から想像される弁護士像とは全く違う、真の姿を知るようになった。協力してくれそうな医者がいればどこへでも飛んでゆき、依頼者のために何度も頭を下げることを厭わなかった。自ら引き受けた医療事件の被害者にお金がなければ、依頼者には黙って、医者に払う謝礼を自腹で払ったりもしていた。

なぜ依頼者のためにそこまでできるのか、銀子が、そこまでやる自信がない、と泣き言を言うと、寺山は、

「いやいや。依頼者のためと違うねん。自分のためやな。誰かの役に立てているから

こそ生きていられるっていう感覚かな。クサいこと言うと。それより、まぁ、やるからには勝ちたいやんか。お金がないから協力医に謝礼払えません、とか言われたら、つい『私が出すから』って思てしまうねんな」

生きている実感を語っていた寺山の言葉は、当時よくわからなかったが、今なら銀子にもわかる。

別のときには、寺山が某大学病院の教授を訪問したのに、すっぽかされて会ってもらえず、飛行機代が無駄になったこともあった。それでも寺山は、

「不思議なもんやねん。諦めんと探してたら、いい先生に巡り会えたりするねんな、これが。誰かがどこかで見てるんかなと思うで。ははは」

と笑い飛ばすのだった。

寺山は、特殊な医療分野であっても、医学論文を調べて有名な著者に何通も手紙を書き、大学病院を突然訪問したりして、それがきっかけで協力してもらえた医者もいると言っていた。依頼者から着手金を受け取らず、勝訴した暁に弁護士費用をもらう完全成功報酬で医療過誤事件を引き受けたりする弁護士は寺山だけだった。さらに銀子の調べた限り、当時、寺山のように医療過誤訴訟だけを専門とし、患者側だけを特化して扱う

弁護士は日本中どこにもいなかった。

寺山と銀子は手術ビデオを延々と見続けながら

「銀ちゃんはどう思う？　気胸で上葉切除なんて、ちょっと無茶やと思わへん？　それに、なんで片肺全摘なんていう、ありえへんことになっていったんか。知り合いの先生いわく、こんな下手な手術ありえへん、って。銀ちゃんはどう思う？」

「もう一回、徹底的に見てみます。呼吸器外科は専門じゃないですけど……」

「頼んだで。でもなぁ、あけがた病院側の松尾弁護士は、きっとお決まりどおりに、医者の裁量の範囲内とか、合併症やとか、言ってくるやろなぁ」

銀子は、法律的なことについて、寺山に尋ねた。

「とすると、寺山先生としては、手術方法の選択を『過失』に据えて攻める予定ということでしょうか？」

「うーん、正直なところ、手術方法の選択を『過失』や、ゆうたとしても、実際問題、裁判で勝つのは難しいんとちゃうかなって思てる。けど、手術の手技は上手・下手の問題やし、もっとハードルが高い気がする。そのあたり、外科医の銀ちゃんの意見も聞いてから、何を過失にするか、詰めて考えていかなあかんな、と」

「私に決められるでしょうか……」

「何ゆうてんの。そんなん、私なんか、医者でもないんやし、日本中どこ探しても外科医の弁護士なんて銀ちゃんしかおらんねん。全国の医療ミス遺族達の希望の星や、頑張ってもらわんとね」

そう言う、寺山の表情はいつになく真剣だった。


銀子は、深夜に自宅のテレビにパソコンをつなぎ、大きな画面で手術ビデオを流しながら、リビングのテーブルにカルテのファイルをいくつも広げた。まず、分厚いファイルの中から、診療情報提供書、いわゆる紹介状を探しだす。診療情報提供書は、医者同士の情報共有であり、患者や家族への説明とは異なる「正直な」医療情報が記載されていることが多い。それを見れば、患者がどんな経緯であけがた病院を受診することになったのか、と同時に、患者の生まれてからの病歴、既往歴や、飲んでいる薬、家族の病歴なども簡単に把握できる。気胸は、一般的には男性に圧倒的に多い疾患だが、この患者は女性で、何回か気胸を繰り返し、その他の病気や特異な病気の家族は全くないようだった。次にカルテを表紙からめくっていく。表紙には気胸以外の病名は書かれていない。看護師の記録には、大手商社への就職が決まり、今は症状もないが、再発を繰り返さないように手術を希望していたことなどが記載されていた。母から聞き取った話では、近所のクリニックの医師から、あけがた病院の鮫貝医師を紹介されたということだった。

次に、カルテから手術記録と麻酔チャートを見つけ出す。執刀した呼吸器外科医の名前がわかると、経歴をネット検索とＳＮＳで調べ、執刀医は西亜大学卒業後、西亜大学第一外科に入局し、あけがた病院に派遣されていた八年目の医者で、今は、西亜大学の大学院に在籍していることがわかった。事故直後にあけがた病院を退職し、大学に戻っているのは、事故のストレスを回避させようという医局の教授のはからいだろう。手術の助手には指導的立場にあった外科部長、鮫貝司朗（さめがいしろう）の名前があった。鮫貝も西亜大学を卒業後、西亜大学第一外科の医局員として、あけがた病院を始め関連病院を三、四年ごとに転々としていた。今回の事故後、大学に戻って准教授となり、今は、中部地方の公立病院の副院長に就任していた。もう一人の第二助手は初期研修医と思われる名前で今は別の病院の総合内科医だった。担当した外科医達が、問題の手術直後に病院を辞めているところからして、手術に何か問題があったのは間違いないだろう。呼吸器外科の常勤医は事故後に誰もいなくなり、二年経った今は、週一回の専門外来にバイト医師が来ているだけだった。銀子が調べた限り、事故後、あけがた病院で実施された呼吸器外科手術の報告は一切なく、西亜大学が呼吸器外科医を引き上げ、呼吸器外科自体を閉鎖していた。

患者の初診外来は、外科部長の鮫貝が担当していた。当日の外来中に、鮫貝が手術申し込み手続きや、手術同意書をプリントアウトした痕跡があり、患者に初めて会ったその日に、手術の方法、手術日、入院日を告げげた状況が目に浮かぶ。鮫貝のカルテには、「母同席、就職が決まった」「多発性のブラあり、上葉切除にしておく」というごく簡単な記載しかなかった。銀子には、そのカルテ記載の行間から、鮫貝が自信満々で胸腔鏡の手術を強く勧めた様子が容易に想像できた。

そもそも手術の術式選択というものは、外科医に大幅な裁量が与えられている。患者ごとに体の形や病気の状態が微妙に異なり、術者の手術技術や、オペ室の医療体制、術後の管理体制などによっても手術方法は変わる。それら全てを総合的に判断して、そのとき、その患者に、その病院で受けられる最適な手術方法を選択することも外科医の仕事である。外科医の従うべき診療ガイドラインもたくさん作られてきているが、大抵、裏表紙あたりに「医師の裁量を規制するものではない」などと書いてある。結局は、現場の外科医達の判断が優先されるのが現実だ。銀子には寺山の考え、つまり「手術方法として上葉切除術を選択したことが過失」と考えることは無理があるように思えた。別の過失として、手術手技を裁判で問題にすることはかなり難しいと寺山は言っていたが、銀子からすれば気胸で人は死なないし、ビデオを見る限り上手い手術ではなく下手な手術だったことは間違いない。不用意に手術器具の鉗子を突っ込んで、気づかないまま血管を傷つけた操作は、外科医として見逃せない。重要な肺動脈の枝を一部、傷つけ、血管の分岐部が数ミリ程度、裂けたことが悪循環の始まりだった。

銀子の専門は呼吸器外科ではなかったが、第二助手として何度か手術に入れてもらった経験からすると、肺動脈の分岐した一部を傷つけるくらいは呼吸器外科では珍しいことではない。ただ、銀子の見てきた手術では、動脈損傷をすれば損傷した部分をすぐに確実に修復していた。胸腔鏡からすぐに開胸手術に切り替え、血管を修復すれば、手術は問題なく無事に終えられたはずだった。このビデオでは、始めの出血のあとも八時間以上、胸腔鏡手術が続けられていた。手術ビデオには外科医の顔は映らないから、手袋をはめた手や、鉗子の動きから誰の操作かを推測しなければならない。しかし、そのつもりでビデオを見れば、執刀医と指導医の関係性だけでなく、医者の気質や性格まで見えてくる。執刀を始めた頃の医者は、慎重ではあるがややオドオドした迷いのある動きで、自分の持つ鉗子の先端が、動脈を引っ掛けているところに気づいていなかったことがわかる。出血が起こってしまってからは、一転して、迷いのない荒っぽい鉗子の動きになっていた。それも、呼吸器外科でよく使われるベッセルテープをほとんど使わず手術を進めていた。ベッセルテープとは、ベッセル（脈管 vessel）テープの名前の通り、血管や神経など損傷してはならない組織を把握するために予め目印として赤や青、緑などのカラフルな5㎜程度のテープを渡しておくものである。呼吸器外科の手術では、気管支や、動脈、静脈を処理する際に、出血に備えて動・静脈にベッセルテープを掛けつつ作業をすることが通常である。しかし、ビデオで見る限り、その作業が省かれている手術だった。手術からして、もしものときの準備を怠る、自信過剰なタイプの外科医が想像できた。出血後の術者は、おそらく鮫貝で間違いないだろう。損傷した動脈を胸腔鏡下のまま修復することにこだわり、修復を試みては別の血管が裂ける、という荒い操作が三回ほど繰り返されていた。鉗子の動きは次第に強引になり、術者の苛つきが画面から伝わってきた。一方、出血を吸引するため吸引管を持っている助手の手つきは、躊躇が感じられ、鮫貝が、感情をむき出しにしているオペ室のピリピリした状況が想像できた。指導する立場の外科医は、若い外科医のはやる気持ちを抑え、万が一を考えておく余裕を常に持っていなければならない。特に上手い呼吸器外科医ほど、主要な動静脈には予めベッセルテープを掛けておき、もし損傷するようなことがあればすぐにテープを締め上げて止血できるように周到に準備してから、淡々と手術を進めるはずだ。銀子が見てきたベッセルテープを上手に使いこなす手術では、ベッセルテープが本当に必要になるような状況には一度も至らなかった。

何を裁判での争点にするか、それまで、そんな視点で手術をしたことや、手術ビデオを見たことはなかった。銀子は弁護士の目線で繰り返しビデオを見ているうち、いつまでも胸腔鏡の手術を続け、開胸手術に移行する兆しがないことこそを問題にするべきだと、思い始めた。開胸手術に移行したのは最初の出血から八時間後。止血のため、右側の肺を全て取り除き、見たこともない片方の胸腔（肺があるスペース）が空っぽの術野になっても出血は止められていなかった。さらに何もなくなった術野の奥、つまり心臓の近くから血が溢れ続けていた。最悪だったのは、心臓の一部、心房を傷つけていると思われる危機的状況の中で、心外（心臓血管外科医）を呼ぶタイミングもかなり遅かったことだ。鮫貝の両手は、何度か心房あたりの結紮も自ら試み、結紮糸を締め上げるたびに周囲の組織がじわじわと裂けていった。麻酔チャートを追いかけると、10L[12]を超える出血になり、輸血を続けていたにも関わらずヘモグロビン値は上がってこない重度貧血の状況が続いていた。ビデオでは、見えている臓器のすべてが赤茶色に染まり、心臓の拍動が次第に弱々しくなり、心臓全体がブルブルと震え始めた。心停止の一つ、心室細動だ。そのあとは、オペ台の上で、患者の心臓が止まり死んでいく経過が全て記録されていた。

外科医の手が、肋骨の隙間から直接心臓まで伸びて、出血部位を指で押さえようと試みていたが、赤黒い血液は奥からあふれ続け、乾いた血液で茶色く染まった手袋が、震える心臓を直接わしづかみにして、心臓マッサージを一時間以上も続けた。この画像に映る心臓が、日に焼けた健康的な女の子のものとは思えなかった。ひとりの人間が、大量出血で死んでいく。その何時間にもわたる記録だった。そして、心臓血管外科医の真新しい手袋が見えたところで胸腔鏡カメラが術野から取り出されてビデオは終わっていた。

その日、鮫貝の書いたカルテには、「血圧が安定したため手術室を退室」と書いてあったが、麻酔チャートの血圧は安定などしていなかった。10L以上の輸血で支えられた血圧は超低空飛行を続け、血圧測定不能となった後は、人工心肺（ECMO）の記録になっていた。銀子には、人工心肺（ECMO）に乗せて無理やり手術室から退室させた情景が目に浮かんだ。外科医は、手術台の上で患者が死ぬことを何としても避けたいと考える。それも二十代の健康な患者がオペ室で心停止などと、表に出せる訳がない。鮫貝は患者の心臓が手術台の上で既に止まっていても、死亡確認が行わなければ「術中死」にはならないことを悪用したのだ。肺の機能は人工呼吸器、心臓の機能は人工心肺（ECMO）が担えば、まだ心肺停止ではない。

患者の両親は、予定時間が過ぎても手術室から出て来ない娘を心配して、手術室の前で何時間も立って待っていた。手術室から出てきたときは全身を管につながれ、生きている生気が感じられなかったと母は言っていた。家族の観察は、常に鋭いものだ。おかしいと思ったときの人間の直感は、凡そ外れていない。銀子は、カルテを見て母の直感がまさに正しかったと思った。手術に立ち会った看護師も、ICUにいた医者や看護師も、皆が、無理やり心臓を動かしている目的を知っていたはずだ。

人工心肺（ＥＣＭＯ）に乗せられＩＣＵで四十八時間生かされた後、患者は両親の目の前で亡くなっていた。そして、死亡診断書には、「手術合併症」による死亡だとだけ記載されていた。

患者の死後、両親は、「癒着がひどく仕方がない合併症だった」と説明されていたが、何度同じ説明を繰り返されても、納得できなかったという。当然のことだろう。説明会を重ねるたびに、病院関係者や鮫貝の態度はふてぶてしくなり、両親の疑念はさらに強くなっていった。

父親は一人娘をなくしてからうつ病になり、半年間、精神病院に入院した。その頃に、母親は、新聞で寺山弁護士の記事を見つけ、ひとりで千葉から大阪に法律相談に向かったと話していた。いざ寺山が病院と交渉を始めてからも、病院側は合併症だから法的責任はないという見解を変えることなく、交渉はすぐ決裂した。

母親は、娘のために負けてもいいから裁判をしてほしい、と寺山に泣きながら懇願したという。寺山は、うつ病のため職を失っていた父親と、レジのパートタイマーで生活費を賄っていた母親から、着手金を一円も受け取らずに、訴訟の代理人を引き受けていた。訴訟に加わった銀子も、当然ながら無報酬で弁護士の初仕事を始めることになった。

12　60kgの男性の血液は約5L（12%）程度といわれている。10Lは大人の血液が2回入れ替わった量に相当し、体格の小さい女性であればもっと多くの血液に該当する。

ウソの代償

えびす安子は、ある朝、千葉新聞の一面に「二十代女性、あけがた病院で術中死！医療事故の可能性」と、センセーショナルな文字が躍っているのを見た。新聞の白抜き文字を見て、えびすの脳裏には、五年前に亡くなった翔子の笑顔が浮かんだ。あの娘のために、両親が訴訟を提起したのか。その日、昼のテレビでは記者会見の様子も報道されていた。父は、娘の遺影を胸に抱き、母は涙を流しながら訴えていた。ネット上でもその動画が繰り返し再生され「#術中死」のワードが炎上した。病院には、患者からの問い合わせや苦情が相次ぎ、続報が出るたびに電話回線がパンク状態になった。病院の正面玄関には複数のカメラを抱えた報道記者達が押しかけ、通勤する職員たちにもマイクが向けられた。創蛍会（そうけいかい）グループ本部や他の系列病院からも、これ以上騒ぎを大きくするな、迷惑をかけるなと頻繁に苦情の電話がかかってきた。電話対応に追われた医療事務や広報担当者は円形脱毛症や不眠、精神的理由での休職者が相次いだ。病棟の現場への影響も計り知れなかった。通院患者は激減し、転院希望者が相次ぎ、入院している患者や家族からは「ミスを起こしたのはどの医者か」、「自分の先生は大丈夫か」などと看護師が詰め寄られた。看護師のえびす達は、なすすべがなく、とにかく騒ぎが収まってくれることを祈るように待つほかなかった。

あのころのあけがた病院には、裁判を経験したことのある看護師や医療事務が誰もいなかった。民事裁判が始まり、院長から裁判に出席するよう命じられたのは、当時まだ二十代だった医療事務の鴨川（かもがわ）だった。何もわからない鴨川は、弁護士とともに裁判を傍聴してくるようにいわれ、えびすが補助役をするようにいわれた。十四年たった今は、鴨川もえびすも患者トラブル対応のベテランになったが、当時はまだ裁判手続きなど、全く初めての経験で何もわからなかった。鴨川は、院長にいわれるがまま顧問弁護士の松尾と一緒に裁判所に通った。裁判を担当していた松尾弁護士は眼光鋭く、不必要に笑わず無表情で、能面のような五十代だった。長年、あけがた病院の顧問をしている老舗弁護士事務所の三代目だと看護師長が言っていた。

鴨川は、裁判の様子について逐一、えびすに報告をしてくれた。

「裁判所に行って一番驚いたのは、裁判所にはテレビドラマで見るような法廷[13]以外に、いろいろな部屋もあることなんです。初めはテレビで見るような大きな法廷でしたけど、二回目からは小さな部屋で、裁判官も普通の服装なんですよね」

弁論準備という裁判の手続きは、法廷とはことなる弁論準備室という十畳ほどの殺風景な部屋に八人掛けの大きな楕円形テーブルが置いてあった。裁判長は四十代ぐらいの男性で、ノーネクタイの開襟シャツなど気楽な服装であった。裁判の日は、楕円形のテーブルを囲んで、裁判官の両側に患者側の弁護士二人と病院側の弁護士一人が座り、裁判官が一言二言話す十分程度の打ち合わせで、次の日程を調整して終わる。一、二か月ごとに、その作業が繰り返されていった。

「いつも、裁判長の隣には、書記のような髪の長い若い女性が、いつも無言でメモを取ってて何も話さず座っていたんですよね」

鴨川の言う、その若い女性が実は裁判官だということがわかったのは、一年ほど経ってからだった。鴨川は、裁判所の様子をえびすに詳細に教えてくれたが、どんなふうに裁判が進んでいるのか、病院に勝ち目はあるのかという勝敗の行方はわからず、弁護士もいちいち教えてくれなかったという。えびすも、鴨川と一緒に弁護士達が作成した準備書面という文書には目を通していたが、患者側の書いていることに松尾弁護士はすべて反論していて、どちらの言い分が正しいのかはよくわからなかった。裁判の行方や内容は、鴨川やえびすにはわからないまま、ただ打ち合わせが繰り返されて進んでいくような印象だった。

訴訟が始まってから二年程経ったとき、鴨川は言いにくそうにえびすに報告をした。

「松尾弁護士が、えびすさんに、そろそろ尋問の準備を始めてほしい、と言っているんですが」

えびすは驚いた。青天の霹靂とはこのことだ。

「尋問に？　なぜ私が？」

尋問というのは、証人尋問[14]に自分がでなければならないということなのか。証人尋問に出るために院長や看護師長は、裁判の担当という仕事を押し付けたのか。あの看護師長は、えびすの経験のために裁判の手続きを学ぶ機会だなどと言っていたが、そんな言葉を信じた自分が子どもだった。ただ病院のために証言をさせるための方策だったのかと、二年も経ってから気が付いた。有馬翔子の死亡について、自分は何も悪いことをしたわけではなく、担当看護師だっただけだ。外科部長の鮫貝こそ裁判に出頭するべきなのではないか、と怒りがこみ上げた。鮫貝はあけがた病院を早々に辞めていたから尋問に出なくてもよいということなのか。えびすは鴨川になぜそんな事になったのかを聞いてみたが、裁判所ではすでに執刀医とえびすの二人が出頭する方向で話が進んでいるということだった。病院からこんな仕打ちを受けるとは思っていなかった。鮫貝は病院を辞めて裁判に出なくてよいなら、自分も病院を辞めてやろうかとその後一か月間、真剣に悩んだ。しかし、離婚した独り身で働かなければならない状況にあったえびすは、四十代に差し掛かった自分の年齢と、再就職先を見つける大変さを思うと、あけがた病院を辞める決断は出来なかった。

えびすが証人尋問の準備といわれて顧問弁護士の事務所に行くと、五枚ほどの紙を渡された。

松尾弁護士は無表情で、

「質問に答えてもらうので、このとおり回答するように」

と言った。弁護士の説明によると、証人尋問では答えはすべて「はい」でいいのだという。渡された紙の答えもすべて「はい」になっていた。実際の尋問の予行演習として、時間をはかりながら松尾弁護士がえびすに質問をし、えびすは小さな椅子に座らされ、紙を見ないで答える練習を三時間かけて何度も繰り返した。

弁護士との打ち合わせから尋問までの一週間、えびすはプレッシャーで押しつぶされそうだった。正しく答えらえるだろうか。言ってはいけない事を言ってしまったらどうしたらいいのだろうか。そう考えながらも、日常の業務もこなさなければならない。院長からは裁判に出ることを誰にも話さないように言われていたし、いつものように仕事をしているえびすが尋問を控えているとは、鴨川以外、誰も知らなかった。自分だけが、なぜ、いつも、こんな目に遭わなければいけないのだろう。松尾弁護士の作った問答を頭で何度も繰り返しながら、なぜ何も悪いことをしていない自分がウソを強要されるのか、何かがおかしい、と思い続けていた。

13　民事裁判の手続きには、公開される「弁論」手続きと、非公開の「弁論準備」手続きがある。公開の弁論手続きは、裁判官が黒い法服を着て出席し、法廷の段の上に裁判官が、法廷の後ろには傍聴席があり、誰でも傍聴できる。非公開の弁論準備手続きは、中央に大きな楕円形のテーブルが置かれた小法廷で行われる。裁判官は黒い法服ではなくネクタイすらしていないことも多い。ノータイ、ポロシャツのときもある。弁護士と裁判官、本人（原告本人や病院の担当者）のみが参加できる手続きである。

14　医療訴訟では、九割以上の手続きが非公開の「弁論準備」手続きによって進められる。証人尋問は、民事訴訟手続きでは、最終盤に行われる最後の証拠調べ手続きである。

真っ赤なスーツ

証人尋問の一週間前。銀子は、寺山の鬼気迫る様子を傍らで見ていた。執刀医に対する反対尋問は、何と答えられるかわからないから、寺山は、カルテを隅々まで見直し、重要なところを頭に叩き込みながら、すべての質問を暗記して何度も繰り返していた。

「医者の反対尋問は、依頼者の無念を代弁してあげる大事な時間やから。裁判をした両親に『精一杯やってもらった』と思えるように詰めていかなあかん」

銀子は、患者の母親の尋問を担当することになっていたが、ただ不安だった。

「全部、暗記できないときのために、紙で準備しておいてもいいのでしょうか。緊張してしまったら、私、全部忘れてしまうかもしれなくて」

「は、は、は。安心し。銀ちゃんは、無理して覚え込まんでもいいよ。紙なしでやる、っていうのは、うちのスタイルとして決めてるけど、他の弁護士からは、そこまでやらんでもええんと違うんか、ってよくいわれてるから。これは自分自身の問題やねん」

「そうなんですか……。でも、私、先生みたいになりたいと思ってます」

「いやいや、銀ちゃんは銀ちゃんのスタイルでええと思うよ。当日は、外科医の視点で、足りひんとこ、足して欲しい。銀ちゃんは、銀ちゃんらしく、他の弁護士が突っ込めないところをガンガンやったらええと思う」

「そうですけど。私なんか……」

「他の弁護士の尋問なんて、たいしたことないし、こんなもんか、って批判的に見といたらええねん。とにかく、一回やってみたらわかるわ。こんなんやったら、すぐ出来る、と思うで、多分」

「そうでしょうか」

「大丈夫や。尋問は、テレビみたいには行かへんねん。何より準備や。準備に時間をかけたら、その気迫は必ず裁判官にも、相手の医者にも、弁護士にも伝わる。そやから、準備不足やったら、それも、すぐバレる」

「お母さんの尋問は、時間かけて考えます」

「そうそう。時間、掛けなあかんとこやで。遺族の尋問では、遺族の無念、悲しみと苦しみ、それが全て。法廷に涙を流せたら成功。裁判官はめったに泣いてくれへんけど、法廷中の傍聴人の涙を誘えたら、遺族の無念を晴らす役割は大成功ていえるかもしれんな」

　銀子が寺山から尋問の手ほどきを受けられたのは、結局この一度きりになった。その経験は、銀子の宝ものになった。銀子も寺山も、この時寺山の体内にがんが広がっていたことを知らなかった。

尋問当日は、冬晴れだった。寺山は、髪をいつもよりさらに明るい金髪に染め、緑のコートを手に持ち、真っ赤のパンツスーツにヒョウ柄のブラウスを着て、裁判所に現れた。両親は、娘の遺影を大事に胸に抱いて裁判所のロビーで待っていた。

「尋問の日は、赤スーツにヒョウ柄って決めてますねん。ちょっとでも、相手の医者にプレッシャーかけなあかんのでね」

そう寺山がいうと、緊張した面持ちだった母親は少し笑った。銀子は、寺山と一緒に両親を連れて裁判所の法廷に向かった。銀子の役割は、すべての書類を大きなスーツケースにいれて運ぶこと、証拠書類を必要なときに、すかさず寺山に渡すこと。そして、母親の主尋問を担当すること。銀子も緊張していた。

えびす安子は、証人尋問当日の朝、四時に目が覚めた。今日の日を迎えてしまえば、後は後悔のないように全力を尽くすだけだと思った。裁判所につくと、えびすは松尾弁護士に案内されて法廷に入った。テレビで見るものよりは少し小さかったが、同じようながらんとした大きな部屋だった。傍聴席には、左最前列に、有馬翔子の両親が、遺影を持って座っていた。鴨川は松尾弁護士の席の近くにメモを手にして座っていたが、えびすを見ると立ち上がって頭を下げた。その他には、傍聴席の後ろの方に、若い人や年かさの人などえびすの知らない人が五人程、ばらばらと座っていた。部屋の中央、段の下には黒い服をきた黒ぶちメガネの男性が一人座っていたが、えびすを見ると近寄ってきて、宣誓書を渡された。署名を済ませると、えびすは松尾弁護士に促されて法廷の中央にある小さないすに腰掛けた。壇上にはまだ誰もいない。えびすの右手には松尾弁護士が座り、机に広げた書類を黙って熱心に読んでいた。

しばらくして、法廷の横の扉が開き、真っ赤なスーツを着た原告側の弁護士が入ってきた。髪は金髪だ。その後ろから別の弁護士が入ってきて、二人がえびすの左手の席に座った。赤スーツの弁護士は、じっと目を閉じたまま腕を組んで天を仰いでいた。

前を向いて座っているえびすには、傍聴席に誰が入ってきたのかわからなかったが、さらに何人かが出入りするドアの音が響いた。誰も何も話さず、時計の音が聞こえるような静寂だった。沈黙の時間が、どれほどあっただろう。えびすは自分の時計を見ることもできず、緊張して座っていた。

急に、壇上のほうで人の気配がしたかと思うと、壇上の中央にある扉が開き、その向こうから、黒く光る法服を着た三人の裁判官が入ってきた。と同時に、左右の弁護士たちが一斉に立ち上がり、会釈をした。えびすも立ち上がった。壇上の三人の裁判官は座ったまま、えびすを見下ろしていた。右側には若い女性の裁判官も座っていた。

いよいよ尋問が始まる。裁判長がえびすにやさしく話しかける。

「では、今から証人尋問手続きを始めます。あなたは、証人としてここにいます。嘘をつくと偽証罪という罪になりますから、正直に話してくださいね」

裁判官の表情も柔らかく、声にも全く冷たさは感じなかった。えびすは黙ったままうなずき、唾を飲み込んだ。舌はカラカラに乾き、背中や胸の谷間を冷たい汗が流れていった。なぜ、自分がこんなところにいるのか、信じられない別の世界に連れてこられたような気持ちがした。えびすは、静寂の法廷の真ん中に一人座り、病院側の松尾弁護士が立ち上がると、事前の予行演習どおり、順番に質問をしていく。えびすは、頭に叩き込んできたとおりに、「はい」、「はい」と順調に答えていった。はじめは震えていた声も次第に落ち着き、自分でも法廷の雰囲気に慣れてきたことがわかった。

「手術室から患者が出てきたとき、あなたは担当看護師として迎えに行きましたね」

「はい」

えびすは、淡々と答えてゆく。

「その時、患者は、目を開けていましたか？」

「え、それは……はい」

初めて、言葉に詰まった。法廷の空気がかすかに揺れた。えびすが答えに躊躇した瞬間、寺山は不気味な笑みを浮かべた。えびすの背中を冷たい汗が流れていった。

あの日、あの時、オペ室から出てきた患者はもう死んでいた。すでに瞳孔が開いた状態だった。手術台の上ですでに心停止していた患者を、無理やり人工心肺（ＥＣＭＯ）につなぎ、オペ室からＩＣＵに移したのだ。えびすも鮫貝や麻酔科医達と一緒に、ベッドをＩＣＵまで押して行った。オペ室を出たときから、すでに開いていた瞳孔を隠すように、まぶたは半開きのまま、上からシールが張られていた。患者が自ら目を開けられたはずはない。

えびすの脳裏には、あのときの鮫貝の狐のような顔が浮かんできた。笑うと一層冷たさが目立つ、あのつり上がった目。手術台の上で死んだことを隠すために、無理やり患者を人工心肺に接続し、平気な顔をして両親に微笑みながら「大丈夫ですよ」と声をかける神経は、えびすには信じられなかった。今、思い出しても、本物の偽善者だと思う。

「聞いていますか？」

そう言われて、えびすはわれに返った。松尾弁護士は同じ質問を繰り返した。

「いいですか、もう一度聞きます。あなたは手術室に患者を迎えに行った。その時、患者は目を開けていましたか」

「はい……」

松尾弁護士が、大きく頷く。

「手術室の看護師から申し送りを受けて、『剥離に時間がかかった』と聞きましたね？」

「は、はい」

「以上で、被告代理人からの質問を終わります」

松尾弁護士が席に座った。えびすの脳裏には、翔子の術前の健康的な笑顔と、鮫貝の口を歪めた顔が、浮かんでは消えていった。気づけば、胸の谷間にも緊張の汗が流れ続けていた。何とか松尾弁護士の尋問が終わった。次は、あの赤スーツの弁護士が出てくる。

女の闘い

えびすは目を閉じて、戦いが始まることを覚悟した。裁判長が壇上から声をかけた。

「では、引き続き、原告側代理人から反対尋問を」

何を言われても準備したとおり落ち着いて答えればいいのだ。顧問弁護士は、答えられない質問には、ただ黙っていればいいと言っていた。でも、本当に黙っているだけでよいのだろうか？

えびすは落ち着くために、患者側の寺山弁護士を見据え、その姿を冷静に観察した。五十歳前後でつり上がった黒縁メガネ、光沢のある真っ赤なスーツ。これまで鴨川からも相手の弁護士は大阪弁で押しが強く、やたらと派手な弁護士だと聞いていたが、赤いスーツは異様だった。髪の色も金に近い色で超短髪まで刈り上げ、弁護士とは思えない姿だ。こういう派手な姿で相手を威圧するつもりだろうかと思うと、受けて立つ覚悟ができた。

裁判長に促された寺山は、ことさら大きな声で「はい」と返事をしながらゆっくり席を立ち、法廷の真ん中に座っているえびすの真横に、ピッタリと近づいてきた。その距離が異様に近く、えびすは思わずのけぞった。これも作戦だろうか。寺山は、えびすに向かってというより、法廷中の傍聴人に向かって大きな声で話し始める。

「では、ここから、原告代理人の寺山から質問します。ウソ、偽りなく答えてもらいます」

寺山弁護士は腕を組んだままえびすの横に近づき、座っているえびすの顔を覗き込み、その目を見据えた。弁護士の吐く息を感じるほどの距離に、えびすの眉間にしわが寄った。

「あなたは当時、本件患者である有馬翔子の担当看護師やった。患者のことは忘れるはずないわねぇ」

「覚えています」

「あなたはさっき、手術室の出口で申し送りを受けた、って言うてはった。そのとき、当然、出血量も聞いてるはずですよね」

「はい」

「当時の出血量、覚えたはりますかね？」

「は、い。正確な数字までは覚えてませんが。一万…と少し…ぐらいだったかと記憶してます」

「外科病棟の看護師だったあなたなら、よく知っていたはずやねぇ。人間の血液は成人男性で約五リットル。当時の患者は、細身で健康的な女性で、男性より、もっと血液は少ないはず」

えびすは黙ってうなずく。壇上の裁判官が、声をかける。

「証人の答えは、うなずいたということは、『はい』ということでよいですか?」

「は、はい」

「音声は前においてある機械で録音していますので、うなずくだけじゃなく、『はい』か『いいえ』で、できるだけ大きな声で、はっきりと答えてください」

えびすは、裁判長の柔らかい笑顔に少し、ほっとした。

寺山弁護士は、えびすの前を左から右に横切り、右手を腰に当て、歩きながらえびすに問う。

「ほう。とすると、『一万』というのは、一万ミリリットル、つまり『十リットル』ということ。とすると、大人の血液でゆうと二回入れ替わった量、この細い患者なら三回入れ替わったぐらいの量、ゆうことやねぇ」

「…私には、よくわかりません」

「まあ、ええわ。手術室からの申し送りで『一万より少し』なんて冷静に申し送れる出血量じゃあないはずや。人が何回も死ねるぐらい異常な出血量やからね」

「いや…それは…。輸血していたら死なない…」

寺山は、えびすが話す途中で鋭く遮り、

「返事は、『はい』か『いいえ』で結構。先ほどあなた、確か、手術室から出てきた患者が目ぇ開けてた、とかゆうてましたね」

「はい」

えびすの表情がこわばる。

「あなたは患者の翔子ちゃんが、自分の意思で、目ぇ開いてたって、ゆうんですかね」

「……」

「答えられるはずないわな。そんなわけなかったんやから。もう、死んでた状態やったからね。無理やりエクモにつないだってことも、当然、知ってたわね」

「それは」

「エクモにつながれてたんは、認めはるよね」

「はい」

「エクモ乗せられているような患者が、自分で目ぇ開けられるんかなぁ」

「……」

「裁判長、甲A2号証5ページを示します。この麻酔チャートを見たら、手術中の出血量は全部書いたあるわな。出血は、手術中、ずーっと続いてる」

「それは…わたし…こんな記録は……わからないです…」

「出血は、手術が始まって二時間のとこから出はじめて、そのあと、ダラダラ続いてる。これの見方がわからんてゆうことやろか?」

寺山は、裁判官も手元の書類を見ていることを横目で確認してから、えびすに向かい麻酔チャートの出血欄を指差した。

「私は……外科病棟の看護師で。だから…それは」

「知らない、ってか…。へぇ。あんた、オペ看やったはったんと違うんかなぁ。麻酔チャート、読めへんはずないわなぁ」

「異議あり。原告代理人の発言は、自らの意見を述べており、質問になっていません。質問を明確にしてもらいたい」

それまで黙っていた松尾弁護士が、手を上げて立ち上がり、寺山の発言を遮る。

裁判長はうなずき、

「異議を認めます。原告代理人は、質問の意図を明確にして質問するように」

寺山は仕方がないな、といった表情で続けた。

「あんたは、オペ看の経験も五年ほどある。もちろん麻酔チャートの読み方を知らんはずないね」

「あ。え…」

「経歴は全部調べたあるからね。ウソは偽証になるで。看護学校出て五年間、大学病院のオペ室で働いてましたやろぅ？　五年もやってて読めんはずない。当然、麻酔チャートは読めるし、書けるはずや」

「……」

「ほな、別の質問にしますわ。あんた、術後、今回の手術ビデオは見せてもらわはったんかな」

「見て…ません。見てもわから…ない…し」

「ほう。まだそんなこというんやね。あのビデオは、出血して死んでいく様子がリアルに記録されてた。手術台の上で人間がだんだん死んでいく様子が。手を突っ込んで直接心臓をぐちゃぐちゃつかんでマッサージまでして」

「……」

「見てへんのやね」

「見てません」

「そしたら、何が映ってたか教えたげますわ。心臓が止まって、直接、こう、鮫貝センセが術野に右手を突っ込んで、心臓を揉みしだいて一時間。鮫貝センセからしたら、いらんもんを看護師のあんたに見せる必要はなかった、いうことやね」

「見て、ま……」

「もう、ええわ。ビデオには事実がちゃんと映ってんねん」

寺山は右の口角を上げた。

「あんた達は、死んでる状態の患者を、手術室で無理やりエクモに乗せてオペ室から出した」

「患者さんは、死んでません。死んだのは二日後です」

「そこだけは、ようおぼえてるんやね。そう、術中死にならんように、二十四時間以上は生かさなあかんかったもんね。人工的に。それを知っててあんたも家族にウソついたんや」

「異議あり」

松尾弁護士が割って入り、裁判長も
「代理人は、もう少し証人から離れて自分の机のところまで下がるように。また、きちんと質問の形で発言するように」

「はいはい。あんたも、看護師として『ひどい』とわかってたん違う？」

「それは…」

「異議！」

口を一文字に結んでいるえびすに、被告代理人が助け舟を出す。

「証人の評価・意見を聞くもので、質問として不適切です」

裁判長は、再度、質問の仕方を変えるよう促す。寺山は、口調を変えて丁寧に言葉を選ぶ。

「あ、な、た、も、患者のベッドを、手術室からＩＣＵに運びましたねぇ」

「はい」

「当然、担当の看護師さんとして、患者の様子、見てますわねぇ」

「はい」

「エクモ、ちゅうのは、人工心肺。その名の通り、心臓と肺を人工的に動かす機械、ですわね」

「…はい」

「それやったら、目ぇは開けてたんと違って、ほぼ死んでて半開きやったんじゃぁないのかなぁ」

「私は見たままを…」

「見たまま、ね。ほな、質問を変えます。あなたはオペ看もしていたし、外科の看護師だった。手術から二十四時間以内に死んだら術中死[16]になる、ってことは当然知ってた」

「……」

「二日も生きたらそりゃもう術中死とはいわんわね」

「はい。普通は、そうです」

寺山の陰湿な質問は、その後も延々と続いた。えびすが答えに窮しても、えびすの回答を待たずに質問を続けた。そして最後に、寺山は満面の笑みをたたえながら穏やかな口調で締めくくった。

「あんたも、もともと、病気の人を助け、癒やしたいために看護師になったんとちがうんですか？」

「…」

「原告代理人寺山からは以上です」

えびすにとって、反対尋問は信じられないほど長い時間に感じられた。両手が汗でじっとりと湿っていた。寺山は席に戻っても、うす笑いを浮かべながら、じっとえびすを見ていた。えびすはこの金髪女に、全て見透かされていると感じた。寺山はわかっていたのだ。鮫貝が胸腔鏡にこだわったことも、開胸が遅かったことも、死んでいる患者を無理やり生かしたことも。えびすは、この裁判は勝ち目がないと思った。どうせ負けるなら、私がウソをつかされたあの茶番は何だったのだろう。どうせ負けるなら、患者が亡くなったあの時も皆でウソをつく必要などなかったはずだ。たくさんの看護師達が、苦しい胸の内を吐き出せないで黙って辞めていったのも何だったのだろうか。医者のミスを、なぜ私達看護師がいつも庇ってやらないといけないのか。鮫貝のような最低な人間が、なぜここに引きずり出されないのだろうか。あれほど最低の人間でも、医者だというだけで許されるのだろうか。

うそつきの鮫貝こそが尋問されるべきだったのだ。私が悪かったわけではない。私はただ、いわれたとおり、病院のために、証言しただけだ。裁判官はきっと私のことをウソつきだと思っているだろう。法廷を出てゆくえびすには、後味の悪さだけが残っていた。傍聴席の最前列にいた鴨川は、法廷を去るえびすに深々と頭を下げた。

裁判長が皆に向かって高らかに宣言する。

「十分間、休憩を取ります。再開は十四時四十五分から」

そこで、皆、一旦、法廷を出た。

法廷に両方の弁護士が戻り、真ん中の席には、これから尋問を受ける執刀医が緊張した様子で座っていた。銀子は、今から尋問を受ける執刀医をまじまじと眺め、思ったよりも気弱そうな人物だと思った。

松尾弁護士の主尋問[17]は、滞りなく終わった。弁護士が質問し、淡々と執刀医が答える。万事、予定通りと言った様子だった。時間はきっかり三十分で終わった。その後、裁判官に促され寺山が立ち上がった。寺山は裁判官のほうを向いたまま、大きな声で質問を始めた。

「原告代理人の寺山から質問します。単刀直入に、あなたが先ほど話していたことは、おかしいんじゃないですかね。手術ビデオでは大出血は手術が始まったころに起こってるはずや。この出血の原因をつくったのはあなたと違うんですかね？」

医者は、いきなり言葉を詰まらせる。

「……止血はできたので…それで」

「ふうん。止血はできた、と。それなのに、予定外の片肺を全部取らなければいけなくなったのは、じゃあ、なんでですかね。理由を説明してもらえますか？」

「それは……」

「右肺の上葉だけを取るはずやったんと違うのかな？」

「は、はい」

「正常な下の肺まで全部取らなあかんようになったのは、止血するためということやね？」

「は、い。そ…それは…でも、止血はでき」

医師の発言に被さるように寺山が追及する。

「止血はできた、っていうのはさっきも聞きましたわ。そやけど、実際、止められてへんよね？　全部でどんだけ出たか、もう忘れはったんかな？　忘れられるような手術ではなかったはずやけどね」

「それは…」

「教えたげますわ。一万三千四百二十一ミリリットル。患者の全身の血液が全部三回ぐらい入れ替わるほどの量やね。そんなことも、忘れはったかな？」

「正確な数字は……」

「ビデオは真実を語ってる。今更、ウソはつかんほうがええと思うけど。偽証になるよ」

寺山は医師のごく近くに立ち、横から顔をのぞき込む。

「始めに、肺動脈の一部を損傷してしまったんは、間違いなく、あんたやね」

「……」

寺山は、くるりと傍聴席を見渡し、ニヤッと笑うとハイヒール音をコツコツ立てながら医師の周りを歩き回った。法廷中に寺山の大きな声が響き渡り、法廷中を自分のペースに巻き込んでいく。答える医者は、時折苦しそうに眉間にしわを寄せ、答えに詰まると押し黙って、うつむく。寺山は赤い唇をゆがめながら、わざとゆっくりと質問を繰り返す。

「こ・た・え・ら・れ・な・い、ということやね？」

「……」

「もう、結構。原告代理人、寺山からの質問は以上です」

寺山の質問は、三十分ほど続いた。寺山の尋問が終わると、壇上から裁判長が口を開いた。[18]

「被告代理人、追加の質問はありますか？」

「いえ。結構です」

「では、裁判所からいくつか質問します。証人は、正面を向いて、ゆっくり答えてください ね」

寺山と全く違う、裁判長のにこやかな表情に、医師の表情が一気に緩み、肩の力が抜けた。

「あなたは始め手術の執刀をしていて、途中で鮫貝医師があなたに代って手術を続けたということでよいですか」

「はい」

「右手を入れて直接、心臓をマッサージしていたのは鮫貝医師ですか？」

「はい。あのとき、私は、胸腔鏡のカメラを、こう、持って、スコープを術野に入れて持っていました」

「とすると、あなたは手術の最初から最後まで、見ていたのですね？」

「はい」

「心臓マッサージは手術が終わっても続けられていましたか？」

「はい。ちゃんと、続けていました」

裁判長はそこで何回もうなずきながら、さらに聞いた。

「鮫貝医師が、マッサージを続けていたのは、止めてしまうと、心臓が止まるから、ですね？」

「そうです！」

裁判長はもう一度、大きくうなずき、左右に座っている裁判官とゆっくり目配せしてから、優しく微笑んで医師に声をかける。

「では、以上であなたの尋問は終わりです。お疲れさまでした」

医師は、あぜんとした表情のまま、尋問が終わったことを知った。そして、松尾弁護士に促されて法廷から退席した。

15　宣誓をした証人が偽証をすれば偽証罪が成立するが、証言を拒否しても罪に問われることはない。

16　術中死とは文字どおり手術中に死亡したケースを意味するが、実は、定義として確立されたものはない。手術後の合併症の統計作成の際に、術中、術後七日以内、術後三十日以内、等統計の目的に沿って定義される。

17　証人尋問の主尋問は、証人側（味方の）代理人からの質問である。主尋問が終了してから、相手方（敵方の）代理人からの反対尋問が始まる。

18　医療過誤訴訟の医師の証人尋問では、主尋問（味方側からの尋問）が終わると、反対尋問（敵方からの尋問）があり、その後、双方の代理人に補充尋問の機会が与えられる。その後、裁判所からの補充の質問があることが多い。

10

母の無念

銀子が尋問する番になった。午後四時の法廷は蒸し暑く、壇上に座っている三人の裁判官にも疲れがにじんでいた。今から三人目の証人である患者の母親の尋問が始まろうとしていた。

「では、原告代理人から始めてください」

医療事故で一人娘を失った母親の様子を、傍聴席にいた誰もがかたずをのんで見守っていた。しきりにメモを取っている新聞記者も数人いた。尋問前に銀子は法廷の廊下で、記者達から名刺を渡された。新聞記者二人とテレビ記者三人に、準備していた文書を渡した。

母親は法廷の中央に、肩を丸めてぽつんと座っていた。ハンカチを握りしめ、ばさばさの髪を一つに束ね、化粧っ気は無く、大きめの黒いワンピースは喪服のように見えた。看護師と医師の尋問を泣きながら見ていたからか、目元は赤く腫れていた。

この母親の一人娘、翔子が亡くなったのは二十二歳。傍聴席では、娘の遺影を持った父親が最前列で見守っている。遺影は日焼けした健康的な笑顔だった。翔子は高校時代に二回気胸といわれてドレーンで治療をしていたが、穴は小さく手術は不要といわれて短期入院で回復していた。その度に、肺に穴が開くありふれた病気だから心配ない、と医者にいわれていた。それ以外には、大きな病気はしたことがなく小学校では皆勤賞をもらうほど元気だったから、両親は娘の健康を疑っていなかった。

　大学三年の夏休みに、三回目の気胸を起こした。就職先も決まり、仕事が始まる前に治しておけたら、と近くのクリニックで相談すると、あけがた病院の鮫貝医師を紹介された。鮫貝は、手術してすぐ治ると説明していた。手術の前日に病室にやってきた若い医者は、つい先ほど、寺山に責められて小さくなっていた。しかし、手術の前日は、軽い調子でけらけら笑いながらやってきたことを、母は忘れることができなかった。

　あの医者は、

「お母さん、全然、大丈夫ですよ。心配ありません。簡単な手術ですし、一週間で帰れます。大学の休みの間に退院できますよ」

と、終始明るい口調だった。手術の方法なども説明していたが、傷が小さいのですぐ治る、うちの病院では何例もやっている、と鮫貝と同じように自慢げな調子だった。母親は思わず聞いた。

「先生が、手術するのですか。あの、もしかしたら、失礼かもしれませんけど、あの、上の鮫貝先生も、一緒ですよね…」

その質問の途端、笑っていた医者の顔が曇った。それに気付いた父は、

「いらないことを言うな。俺たちは、先生に任せておけば大丈夫だ」

と母をたしなめた。

翔子本人も「先生はちゃんとやってくれるわよ。私にもちゃんといろいろ説明してくれたし。入院してから退院まで先生が責任を持って担当してくれるって。お母ちゃんは心配症ねぇ。大丈夫よ」

そう言って両親を安心させたという。

両親は、あんな軽い調子の医者に任せてしまった自分達を責め続けていた。

「手術の説明の時も、当の娘はずっと笑顔で。私達に心配させないようにと思ってたんですね。本当にいい子だったんです」

手術当日の朝も翔子は、手術室の扉の前で、満面の笑みで手を振った。

「じゃ、行ってくるね。大丈夫だから。心配しなくていいわよ」

それが、両親と娘の最後の会話になった。あのときは、まさか、その言葉が最後の言葉になるとは、翔子も両親も思いもしなかっただろう。父親も、明るい笑顔で手を振り、娘を手術室に送り出した。娘は、若い医師と看護師に連れられて、元気に歩いて手

術室に吸い込まれていき、静かに手術室の自動ドアが閉まった。その背中が最後の姿になった。

母親は、証人尋問に両親のどちらが出廷してもよい、と寺山にいわれたとき、病院にされたことをみんなに伝えるために、私が出廷すると覚悟を語った。娘の無念な死を、みんなに、裁判官に伝えたいのだと。

尋問席に座った母親の目には、強い意志の光が点り、壇上の裁判官に思いを伝える決意がみえた。銀子は立ち上がった。裁判官も子をもつ親かもしれない。この苦しみはきっと伝わるはずだ。子どもを失う以上の苦しみなど、世の中にはない。

銀子は、ゆっくりと質問を書いた紙を読み上げ始めた。

「では、原告代理人白川から質問を始めていきます。ゆっくり、落ち着いて話してください」

銀子の通る声に、母親は、大きくうなずいた。

「あなたは、本件患者である翔子さんのお母様ですね」

「はい。そうです」

「翔子さんは、あの手術を受けるまで、元気な大学生でしたか？」

「はい。テニスが大好きで。本当にいい子でした。勉強はあんまりでしたけど、親ばかですけど、本当に…」

そこまで話し、母親の両肩が震え始め、涙で声にならなくなった。壇上の三人の裁判官は静かに次の言葉を待っていた。傍聴席からは、すすり泣きも聞こえてきた。目頭を押さえる傍聴人が何人もいた。

「翔子は、手術するまで、本当に元気だったんです。あの日も、私達を心配させないように、大丈夫、大丈夫と言いながら、笑って手を振って、手術室に入っていった。それが最後の姿でした。あんなことがなかったら、今も…」

銀子はゆっくりと何度かうなずきながら質問を続けた。

「あんなこと、というのは手術で大出血を起こした医療ミスのことですね?」

「そうです。殺されたんです。前の日、若い先生は簡単な手術だから大丈夫だって笑ってました。忘れられないんです。その顔も、覚えています。心配している私を馬鹿にするように。さっきはそんな様子は見せなかったですけど」

母親は、ハンカチを握りしめた手を、震わせていた。

「手術の日は、予定の時間が過ぎても手術が終わらなかったのですね?」

「はい。ずっと夫と二人で待っていました。昼過ぎに終わると聞いていたのに、夕方になっても夜になっても終わらなくて。でも誰も何も教えてくれませんでした。何が起こっているのか。看護師さんも『待っててください』というだけでした」

「看護師がやって来たのは、夜遅くになってからですね？」

「はい。先生から説明があるから、もう少し待つように言われました。もう少しって何時まで待ってたらいいんですか、って夫が怒ってしまって。それはわかりませんと不機嫌な顔でいわれて、喧嘩になってしまいそうで……どうしたらいいか……」

銀子は柔らかく母親の言葉を遮りながら、

「ええ、そうでしたよね。では、医師が部屋に入ってきたときの様子も教えてもらえますか。覚えておられますか？」

「はい。血がついた手術服を着たまま、若い先生ではなくて、初めに外来で診てもらった偉い先生が入って来ました。入院してから一度も娘のところに来なかったのに、そのときは、鮫貝先生が来ました」

「それで、鮫貝医師からは、どんな説明がありましたか？」

「時間がかかったことの説明とかはなくて、かなり癒着していたから、それを剥がしていて少し血が出て手術が長びいた、というようなことを言っていました。今、終わったから、もう、家族のところに出てくるから、とも言われました」

「その時、大量に出血したとか、動脈や心臓を傷つけたとか、片側の肺を全部取ったとか、そんな説明はありましたか？」

「ありません。そんなこと、一言も言われませんでした。ただ大丈夫だから、手術は終わったから、ICUに入るから、と言われて。ICUに入るための同意書にサインするように、言われました。とにかく『終わった』と聞いて、ものすごくホッとしました」

「鮫貝医師は、あなたと翔子さんが初めてあけがた病院に行った日に、診察を受けた医師ですよね」

「はい。近所の病院で紹介されました。あけがた病院にいい先生がいるって。それで、あんな病院に行ってしまって……」

「そうですよね。鮫貝先生は、あなたと翔子さんが行ったその日に、入院して手術をする日は決まっている、と言ったのですね」

「はい。私達が行く前から、入院する日は決められていたようでした」

「私は、てっきり、紹介してくれた近所の先生が言ってくれていて、もう手術の日まで決めてくれていた、と思いました。偉い先生と聞いていましたし、すぐ治る、私が手術したらみんなすぐよくなるから、と言われました」

「しかし、その外来以降、鮫貝医師は入院中も全く姿を表さず、再び現れたのは、手術が終わったあとの説明のときだったのですね」

「はい」

「外来の時と比べて、鮫貝先生の様子はどうでしたか」

「何だか、外来のときも冷たい感じのする先生だと思っていましたが、偉い先生だから、と思っていたんです。でも、手術が終わったあとのときは、ものすごく威圧的な感じで、一方的に話し、私や夫が質問できるような雰囲気ではありませんでした。手術が長引いた理由も聞きたかったですが、聞ける雰囲気ではありませんでした。怖かったです」

「では、お嬢さんが、手術室から出てきた時のことは、覚えていますか？」

「はい。あの姿は今でも忘れられません。体中にいっぱい管を繋がれて、口も鼻も管が入っていて。翔子、って呼んでも反応がなくて。顔はむくんで、朝見た翔子の顔とは全然違ってひどい顔でした。」

「声をかけても、反応はなかったのですか？」

「私、思わず、大きな声で『しょうこー！　しょうこー！』って呼んでしまったんです。でも、眠っているようで、生きているのか死んでいるのかわからない感じがして、死んでいるんじゃないか、ととても怖かったのを覚えています。生きている気配がなかった」

母親は、人工心肺（ＥＣＭＯ）につながれて、かろうじて生かされていたことを、既に感じ取っていた。

銀子は最後の質問を投げかける。

「最後の質問ですが、翔子さんが亡くなってから、もう何年も経ってしまいました。今、改めて、裁判官に伝えたいことはありますか？」

母親は、顎を上げ、壇上の裁判長を見た。

「はい。翔子は…、翔子は本当にいい子でした。明るくて、友達思いで、テニスが本当に大好きで。テニスを頑張ってきたから就職先も見つけられてよかったね、って私達も大喜びでお祝いしました。仕事が始まったら、入院なんてできないし、元気なことだけが取り柄だから早めに手術を受けたいって自分からそう言ってました。私も、それなら、って手術を勧めたんです…。あのとき、私が言わなければ…、こんなひどい病院に行かなければ…、翔子は今も元気に生きていたはずです。生きていたら今、二十九歳です。私が、私が…」

銀子は、母親のところにゆっくり歩いていき、涙が止まらない母親の肩に、そっと右手を置いた。

「お母さん、翔子さんを殺したのはあなたではありません。あけがた病院の鮫貝医師です。あなたのせいではない。大丈夫。落ち着きましょう」

母親は、何度もうなずきながら涙をこらえようとしていた。傍聴席のあちこちから鼻をすする音が聞こえた。

裁判官の三人は、神妙な顔つきで母親を見守っていた。母親がすこし落ち着いたところで、銀子ははっきりと大きな声で締めくくった。

「原告代理人、白川からの質問は以上です」

11

涙の法廷を終えて

患者の母親の尋問が終わったときには、五時前になっていた。裁判長は、この後、少しだけ時間があるかと双方の代理人に聞いた。銀子と寺山は、大きな法廷を出て、小さな部屋に両親と一緒に移動した。先程まで黒い法服を来て壇上に座っていた裁判長たちは、黒い服を脱いでネクタイなしや、ワンピース姿になっていた。

原告・被告の弁護士がそろったところで裁判長が話し始めた。

「さて、尋問終了ですが。裁判所としてはここで和解を試みたいと思います。これまでの経緯からして、裁判所としては、ある程度の和解案を提案しようと考えていますが…」

唐突に、和解の話が始まった。

銀子は、裁判長の言葉にびっくりしたが、寺山はいたって落ち着いた様子だった。松尾弁護士がいう。

「被告代理人としては、和解を前向きに検討したいと思っています。裁判所としての提案があれば…」

と言いかけたところで寺山が遮った。

「原告代理人としては、基本的に和解には応じるつもりはありません」

銀子は寺山が話す内容を聞きながら、病院が和解する意向があると初めて知った。ついさっきまで松尾弁護士は、病院の勝利のために戦っていたのに、証人尋問が終わったとたん、唐突に和解をすると言っている。私達原告が勝つ、ということなのか、寺山に聞いてみたかったが、その場で聞くこともできず、銀子は疲れきった頭で、必死に考えた。寺山は、低い声で話し始めた。

「遺族としては、事故後これまで、病院側の対応に全く誠意が感じられなかったことから、話し合う余地はない、判決での解決が第一と考えてます。原告らは、ひどい手術を行ったと、指導医鮫貝医師の責任を、世に問う目的をもって、これまで何年も苦しい中で裁判を戦ってきました。一度も謝らず、尋問にもでてこないような不遜で横柄な医者を許すわけにはいかへんということを、どうか裁判所にもご理解いただきたい」

裁判長は少し困った様子で首を傾げていたが、黙って聞いていた。寺山は続けた。

「金額のいかんを問わず、裁判上の和解になる場合、病院側の求める口外禁止条項[19]は承諾する余地は全くない、と思てます。事実を認めて謝罪する文言(もんごん)と、口外禁止条項なし、その条件の和解でなければ、話し合いのテーブルに付くつもりはありません」

裁判長はうなずいて言う。

「そうですか……。では、まず被告さんのご意見も、詳しくお聞きしてから。原告は一旦、席を外してもらえますか?」

そういわれて、銀子は、寺山と別の部屋に案内されてすぐに寺山に尋ねた。

「先生、勝った、ってことですよね。さっきの尋問で勝負ついた、ってこと、ですよね」

寺山は、孫を見守る祖母のように、微笑ましいものを見ている顔をしていた。

「銀ちゃんは、どう思う? 今日の尋問で勝負がついたと思う?」

「それは、寺山先生の迫力ある尋問で、裁判官が確信したんじゃ……」

「は、は、は、は」

寺山は、大きな口を開けて笑った。

「ホンマにそんなこと思ってたん? そんな訳ないし。そんなカッコええもん違うよ、尋問は。尋問の前に言うてたこと、もう、わすれたんか? この裁判は、もう勝ちが決まってるって」

「いや、それは。先生はそうおっしゃってましたけど、流石に尋問が終わるまではわからないと……」

「いやいや。裁判のほとんどは、尋問までにほとんど勝負がついてる。裁判官は、尋問の前にもう判決を書いてる、っていう話もまことしやかにいわれてる。裁判官自身もそう言うてる人もおるしね。大阪の裁判官なんか、その辺、関東の方より正直かもしれんね」

「ええ？　でも。そんなこと。本当ですか？」

「だって、さっき、裁判長は、いきなり、和解しないと被告さん負けまっせ……ってはっきりゆうてたやろ？」

「まぁ……それはそうですけど」

「で、松尾弁護士も、和解しないとやばい、っていう雰囲気やったやろ？」

「でも、さっきまであんなに異議、とか言ってたのに」

「ま、あれも病院側へのパフォーマンスの一つちゃうかな？」

「そんなもんなんですか……そしたら、お母さんの尋問も……」

「まぁ、言うてしもたらあかんかもしれんけど、無念を吐き出す一つのパフォーマンス」

「そんなぁ」

「まぁまぁ。そんな、ドラマみたいには行かへんよ。裁判官は、二、三年かけて準備書面とか医者の意見書とか、そんなんを読んで、心証を固めてるはず。うちかて始めから勝てるとは思てなかったけどね。だからこそ、銀ちゃんと二人で全力で書面書いてきたやんか」

「書面のほうが大事なんですね」

「そう。何より、専門家であるお医者さんの意見が大事にされるかな」

「それなら、こちらから出したあの先生の意見書が決め手になった、ってことですよね」

「そう。あれでとどめを刺した」

「それなら、寺山先生は、尋問の準備で2週間も缶詰になって、質問も頭に入れて紙もなんにも見ずに、っておっしゃってましたけど、そこまでやるのは……」

「それは、うちのプライドや。遺族のかわりに法廷でやっつけてあげるのも、私らの仕事やんか。命をかけてやらんと伝わらんこともあるからね。医者や看護師を法廷に引きずり出したい！　と思う依頼者の無念を晴らす」

「そのために、あれだけのエネルギーを？」

「そうよ。それがプロやと、うちは思う。そんなコスパ悪いことようやるな、っていわれてることも知ってるけどね。銀ちゃんには、紙見ながらでもいいよ、っていうたやろ？　こっちの意地、みたいなもんやし、真似せんでもええんよ」

松尾弁護士と裁判官がどんな話をしているのか、まだ寺山のいう「勝利」を確信できていない銀子は不安だった。しかし、松尾弁護士と交代して部屋に入り、裁判長の言葉を聞いて、寺山の言葉の意味がわかってきた。

「被告さんの方は、和解に応じる余地がある、医師の謝罪を試みることで誠意も示したい、ということのようですが。口外禁止など和解案については、原告さんの意向もお聞きしましたし、裁判所から提案するものを原告さんにも検討していただける、ということでどうでしょうか？」

寺山が応じる。

「誠意を示していただけるなら、ご両親には次回も同席してもらいます。ただ、ご両親としては今更、なにを謝りに来るのかというお気持ちもあるはずですわ。その点、ここですぐ決めろいうのは酷ですし、また改めて連絡さしてもろてもいいですか。和解条項案も、出来るだけご両親の意見や謝罪文言も入れてほしいとおもてます。一旦、こちらで案を作らしてもらってもいいでしょうか？　白川弁護士、二週間もあればできますね」

寺山は銀子を見た。もちろん、銀子は、「できます」と答えた。

その後、裁判長は、被告側も一旦持ち帰って病院側と対応を協議するが、原告の意向を尊重すると述べていることなどを手短に説明した。

裁判長と松尾弁護士の間では、こんなやり取りが行われていた。裁判長は、松尾弁護士に説明した。

「お伝えしたいこととしては、原告側は誠意がない対応だった、という点が非常に重要だとおっしゃっています。誠意を見せてほしいと。裁判所としては、このまま判決になれば、被告側は一定の負担を強いられることになると考えています。裁判所としても何とか話し合いで解決できれば、と思っているのですが…」

と言葉を濁した。法律的には、誠意を見せる義務などない。しかし、松尾弁護士の目が光った。

「次回期日まで、少し余裕を持って時間をもらいたい。誠意として、鮫貝と病院長の謝罪を検討させていただきたい。二人を次回期日に連れて来られるか、時間を下さい。検討します」

裁判長の表情は、一転してにこやかになり、

「そうですか……。ご理解いただけて、とても助かります」

松尾弁護士と裁判長のやり取りを聞いていた鴨川は、混乱していた。ほんの数十分前まで、尋問で相手の弁護士と激闘していた松尾弁護士が、突然、院長と鮫貝医師を連れてきて謝罪をさせる話をしている。問題を起こした鮫貝医師は事故の直後に病院を辞めていたし、事故があった時の院長も随分前に退任している。そもそも、松尾弁護士は、病院の味方ではなかったのか。その後、次回期日の日程を調整し、証人尋問の長い一日が終わった。

鴨川が松尾弁護士と法廷を出ると、もう廊下の電気が消され、薄暗くなっていた。松尾弁護士は足早に歩きながら、あけがた病院に電話をかけた。院長と話し「次回期日の日を、空けておいてください」と手短に説明していた。そのあと、エレベーターを待ちながら、鴨川に、辞めた指導医の連絡先がわかるかを尋ねてきた。鴨川が病院総務部から鮫貝医師の勤務先病院の電話番号を聞きだすと、松尾弁護士は、裁判所入り口の暗いロビーに立ったまま、鮫貝医師の勤務先にすぐに電話をかけた。

裁判所の入り口は照明が消されて閉じられ、警備員もいなくなっている。暖房も切られたのか、建物内でもコートを着なければ寒かった。松尾弁護士は、非常出口を案内しようとする警備員を、手で制しながら、電話を続けていた。

「みなづき病院さんですか、呼吸器外科の鮫貝医師につないでほしい。あぁ、私は、あけがた病院の顧問弁護士です。急ぎなので。ええ？　まだ手術中？　では手術が終わったら、すぐ携帯まで連絡するよう伝えてください。夜遅くてもいいので」

裁判所の非常口から外に出ると、すでに真っ暗になっていた。雪が降りそうな凍てつく空気に、鴨川は凍えた手でコートの襟を立てた。松尾弁護士は事務所に向かって歩きながら、白い息で手を温めている鴨川に、説明を始めた。

松尾弁護士によれば、この裁判は「負け」がもう決まっていたのだという。鴨川は驚きを隠せなかった。今日の午前中から、ずっと法廷で尋問を傍聴し、さっき緊張感のある尋問の戦いが終わったばかりだ。それなのに、松尾弁護士は、もう負けが決まっているという。相手の弁護士はしつこく医者や看護師をいじめていたが、看護師のえびすは精神的圧迫にも耐えていたように見えたし、鴨川には、決して戦いに負けたようには思えなかった。患者の母親は尋問の間、泣いてばかりで何も勝敗に関係するような発言はなかった。裁判所の前の横断歩道で赤信号を待ちながら、まだ納得できない表情の鴨川に、松尾弁護士は「仕方がない」というように大きな白いため息を吐き出して、説明を続けた。

裁判の流れからして、証人尋問前から不利な戦いだったことはわかっていたのだ、という。尋問が終われば一通りの証拠調べ手続きが終わり、あとは和解しなければ、もう次は判決しかなくなる。このまま負けるより、早々に和解をしたほうが現実的な解決だというのだ。そう言われても鴨川の頭にはぐるぐると疑念が渦巻いていた。尋問前から負け戦だとわかっていたなら、尋問は何のために行われたのだろうか。執刀医やえびすが、あの弁護士にプライドを傷つけられ、つらい思いをしたことは、すべて無駄だったというのだろうか。もともと負けが決まっていたなら、尋問に出頭させられたえびす安子はどうなるのだろうか。えびすは「病院が勝つためなら私は頑張ります」と言って尋問を引き受けたのだ。松尾弁護士は、尋問前にはどうせ負ける、なんて一言も言わなかった。鴨川は、えびすも自分も、松尾弁護士に踊らされていた気がした。むっとした表情で黙っている鴨川に、弁護士はさらに言い放った。

「判決になれば、提訴のとき以上に大々的に新聞に載る。また、あのときのように大変なことになることが、わからないかな?」

そういわれて鴨川も少しずつ状況がわかってきた。松尾弁護士が、院長や鮫貝医師に急いで連絡した理由はそこにあったのだ。尋問が終わった後、裁判官は被害者への「誠意が…」と言葉を濁していたが、あのとき、松尾弁護士は、即座に裁判官の意図を察し、院長や鮫貝医師が裁判所に来て遺族に頭を下げ、謝罪しなければ敗訴判決を回避できない、ととっさに考えていたのだ。病院側が不利ということは、患者側は自分たちが勝つとわかっていることになる。それを踏まえて、強気に判決でもいい、とあの派手な弁護士は言っていたのだ。こちらは、敗訴すれば、訴訟提起のときよりも派手に新聞報道され、今度は「敗訴」と書かれて賠償金額も報道される。またあのときのようにグループ全体の病院が振り回されることになる。訴訟提起のときは新聞に載ってから一か月間、患者からの問い合わせ電話が殺到し、医療事務は総出で対応に追われた。グループ病院の収益も落ち込み、あけがた病院全体が、半年間、赤字になるほど影響を受けた。

法律事務所に着くと、松尾弁護士は、黄色いメモ用紙に数字を書きながら鴨川にお金の話を始めた。判決になれば、賠償金には事故の日から5%の遅延損害金[20]という利息がつく。保険に入っているから病院の腹は何も傷まないが、判決になれば医師会の保険から和解の一・五倍の賠償金を支払うことになる。[21]だからこそ、今は、和解で解決する「一択」しかないという。鴨川は、松尾弁護士が医師会の顧問でもあったことを思い出した。鴨川は、松尾弁護士がこれまで病院のために戦ってくれていると信じていた。しかし、真実は違った。お金を支払う保険会社の思惑に沿って動いていたのか。そう思うと鴨川は、背筋が寒くなった。そうか、結局は、すべて金か。松尾弁護士が、病院の医者や自分たちを守ってくれる救世主のように思っていた鴨川は、現実をわかっていなかった自分を恥じた。

顧問弁護士の事務所で、温かい緑茶と茶菓子を勧められたが、鴨川は口をつける気にはなれなかった。毛茸（もうじ）の浮いた高級そうな緑茶や和菓子まで、保険会社の金で買われたもののように見えた。次回の期日の待ち合わせ時間を弁護士と確認してから、鴨川は、えびすにどう報告しようかと考えながら弁護士事務所を後にした。

19　口外禁止条項とは、示談の際にも必ず問題になる約束内容の項目の一つである。一般的には「第〇条　甲及び乙は、本件紛争、和解に至る経緯及び本件和解内容について、正当な理由なく第三者に対し、口外しないことを相互に確認する。」などという文言のことをいう。

このような条項は、紛争や和解の内容が第三者に知られ風評被害や、名誉や信用が毀損されるようなことを回避する目的で加えられるものである。裁判所からのすすめによる裁判上の和解の際にも、裁判官の作成する和解調書に、前記と似たような文言を入れるかどうかが検討される。

20　民法が改正され遅延損害金の法定利率は5％から3％に引き下げられた。

21　5％の法定利率は、事故から十年経過して判決になると、賠償額が50％程度増額することを意味する。判決の金額から十年間、年五分の割合ずつ利息が増し一・五倍となる。

被害者は誰か

疲れ切った通勤客に揉まれながら、鴨川は電車の曇った窓ガラスに映った自分をぼんやりと眺めていた。今日尋問でいじめられていた医者は、病棟の患者が気になるからと急いで病院に戻って行った。明日からも何事もなかったように医者を続けるのだろう。えびす安子も明日、平気な顔で出勤するのだろう。鴨川は、尋問前から負けが決まっていたという筋書きを、えびすは知らないほうがいいと思った。自分たちが騙されていた、というのは言い過ぎなのかも知れないが、何より「病院のため、ドクターを守るために私が尋問に出る」と真剣に語っていたえびすは一番の被害者かもしれない、と鴨川は思った。負けることがわかっていたら、えびすはあんなに頑強に、歯を食いしばって尋問に耐えただろうか。鴨川は、つり革にぶら下がりながら、松尾弁護士がこれまで勝負の行方を鴨川やえびすに説明してくれなかった意味がわかってきた。ただの仏頂面ではなかったのだ。松尾弁護士の強気な文章を読んで、負けないと信じていた自分が何もわかっていなかっただけだ。今思えば、松尾弁護士はいつも必要なことしか説明しなかった。尋問の準備についても「尋問では私が守るから大丈夫だ」と安心させることしか言わなかった。今考えれば、弁護士としては勝敗の行方を見切りつつ、証人が病院に不利な発言をしないよう、あえて負け戦であることを告げなかったということなのかもしれない。保険会社のためといわれて尋問に出ようと思う者はいないだろう。味方も騙さなければならないなんて、本当に悪どい仕事だと思った。

通勤客も次第に減り、鴨川は座席に座ってから一眠りした。うっすらと目を開け、今日一日は本当に長かった、と改めて思った。そして、あのプライドの高い鮫貝医師が、遺族に頭を下げる場面を思い浮かべた。鮫貝もしょせん勤務医で、組織の一つの歯車に過ぎないのだ。謝らなければ自分の名前が判決に書かれ、新聞に載り、世間から誹謗中傷の的にされるかもしれないし、ＳＮＳ上で名前が拡散してしまえば、消すことはほぼ不可能だ。鮫貝にも、ただ頭を垂れるしか選択肢はないのだ。金を払う保険会社が、どんな偉そうな医者よりも上の立場にいる。医者だっていつも守ってもらえるわけではないのだ。

医者の代わりに看護師や事務がいくら頭を下げても、患者や家族は納得しない。そして、医者の代わりにいくら謝ったからといって、医者たちから感謝されるわけでもない。鴨川は、鮫貝の冷たい顔を思い出し「ざまあみろ」と呟いてみた。松尾弁護士は、院長や鮫貝が謝罪することは一切口外するなと言っていた。しかし、なぜいつも自分たちだけが「何も言うな」といわれて我慢しなければならないのだろう。負け戦とわかっていながら「病院のため」と信じて戦ったえびす安子は、鮫貝のかわりに法廷に引きずり出されたようなものだ。えびすも鮫貝に謝ってもらうべきだと鴨川は思った。えびすもこの事故の被害者だ。看護師や医療事務の自分たちのほうが、医者や弁護士より、よほど正直に真っ当に生きている、そう思うとすこし、胸が軽くなった。

証人尋問が終わってから一か月後、いつものように仕事をしていたえびすのところに、鴨川が尋ねてきた。裁判は九千万円[22]の和解金を支払うことになって終わったという報告だった。えびすも尋問のときは、あの金髪の弁護士に負けないぞと思っていたし、鴨川の話を聞いて一瞬だけ、負けたのかと思ったが、意外と悔しさはなかった。あの裁判は負けるべくして負けたのだ。

それにしても二十代の女の子が殺されて命の値段は九千万円とは、安い。えびすは、法廷で泣いていた母親は、死んだ娘の代わりにお金を手にして何に使うのだろうかと思ったりした。そして、不謹慎とは思ったが、自分が十年間不妊治療に費やした時間と費用のことを考えてしまった。えびすは医者と結婚できたし子どもを産めば幸せになれると信じていた。そして結婚後の十五年間は、子どもが産まれさえしたら何もかも解決して幸せになれるはずだと思っていた。あのころは、子どもが自分より先に死ぬ結末があるなんて考えたこともなかった。しかし、実際は、大切に産み育てた子どもを、自分より先に失うという、深い悲しみを背負って生き続けなければならない親もたくさんいるのだ。

もし、自分が子どもを産んで二十代で亡くしていたらと考えて、自分のような淡々とした日常も悪くないと思った。人生は思いどおりにならないものだ。一人娘を亡くした母親もきっとそう思っているだろう。

翌日、夕方のニュースをつけると、えびすをいじめた金髪の弁護士が、今度は緑のスーツを着て記者会見に出ていた。和解金額は非公開となっていた。金髪の弁護士の横には黒いスーツのもう一人の女弁護士が、マイクを持って「遺族の手紙」を読み上げていた。遺族は首から下しか画像に映らず遺影の顔には「ぼかし」がかかっていたが、父親があの遺影を抱き、母親はまた泣いていた。手術から何年たっても、こうして両親の時間は止まったままなのだと思った。裁判が終わり、病院と戦うという目的を失って、あの母親はこれからどうやって毎日をやり過ごしていくのだろう。わずか三分ほどのニュースは「医療過誤で一人娘を亡くしたかわいそうな両親」が演出されていた。その演出には違和感があったが、本当にひどい手術だったと改めて思った。しかし、問題を引き起こした鮫貝がお金を払ったわけでもなく、保険会社が和解金を支払って、それで終わりだ。そこまで考えて、えびすは嫌な気分でテレビを消した。

22　若年者が死亡した場合の、死亡慰謝料（死んだことに対する慰謝料）は約二千～二千五百万円程度、その他に入通院の費用や、六十七歳まで働けたと仮定した場合の逸失利益（本来手に入るはずだった利益を失ったという意味）が、学歴や年収によって算出される。二十代であれば、訴訟での請求金額の総額は通常、一億円程度に達する。

新たな戦い

今日は珍しくオペ後の患者がみな落ち着いてくれていたから、説明会の前にゆっくり昔を懐かしむ時間があった。しかし、実際のところ、こんな静かなオペ日は一年に数回ほどしかない。えびすが裁判に出てからもう十年が経った。今日の夕方、大量出血で死んだ東山大地の妻や娘たちが、解剖結果を聞きにやってくる。あの家族には慎重に説明をしなければならない。昔の裁判を思い出し、えびすは今回の事故は、前の事故とは全く違うと確信していた。

「えびす師長、そろそろ遺族との面談の時間です。部屋は一階の面談室でいいですか?」

事務長の鴨川からの電話だった。えびすは、十年前の証人尋問の経験を買われて、あけがた病院の医療安全課の看護師も兼ねるようになり、気づけば、あけがた病院のトラブル案件をすべて把握している立場になっていた。我ながら、あけがた病院の看護師長まで上り詰めるなんて、よくぞここまで来たものだと思った。

今は、えびすも医療安全の活動の意味を知っている。松尾弁護士から指図されなくても、即座に謝らなければならないケースはわかってきたし、下手にこじらせてもいいことは何もない。しかし、今回の事故は、医療ミスではない。外科の富小路も、前回の裁判のときの無責任な医者とは全く違い、研修医たちの指導も熱心で看護師や患者からの信頼も厚い。

トラブルになったときに逃げる医者は多いが、富小路は解剖結果についても自ら説明したいと申し出てきた。今日の説明会は、富小路が部下である御池を連れて同席する予定になっていた。えびすとしては、今回亡くなった患者は妻と次女が看護師、というやっかいな遺族だから、富小路がいてくれれば正直、助かる。解剖結果は医大での剖検（病理解剖）に立ち会った御池が説明することになっていた。

今日のえびすの役割は、説明会で柔和な雰囲気を醸し出すこと。そして、柔らかい笑顔のまま、妻の東山葵の様子をつぶさに観察することだ。あの妻は、夫の死が医療ミスだと確信している。いつもおとなしく説明を聞いているが、納得していない気配をえびすは感じていた。文書の配布部数が揃っていることを確認して机の上に並べ終え、トイレの鏡で、新しい白いマスクにつけ直し、アイシャドーと眉が濃すぎないことを確認し、ＰＨＳの音を切り、白衣の襟をただした。そろそろ医者達も来るころだ。

◇　◇　◇

銀子の法律事務所を訪れた東山葵と二人の娘は、緊張した面持ちで、銀子が現れるのを待っていた。病院の説明会は冬だったから、もう半年以上前になる。まだ六月なのに真夏のような暑い日で、東京駅から歩いてきた三人の額には汗が滲んでいた。

案内された小さな部屋は冷房が効き、たくさんの観葉植物にはやわらかな日差しが差し込んでいた。部屋の本棚には、医療系の雑誌がたくさん並べられ、その横には、小学校の理科室にあったような実物大の骸骨や、心臓、背骨の模型などが並べられていた。

冷たい麦茶を持って五十代くらいの男性事務員が入ってきた。

「どうぞおかけになってください。わたくしは、事務の美山と言います。今日は、カルテや画像などをお示しするために同席させていただきます。白川はもうすぐ参りますので」

そう言って頭を下げ、大きなモニターに下腹部の解剖図を表示した。

約束時間の三分前に、銀子が現れた。シルバーグレーの超短髪はホームページの写真と同じだが、スーツではなく、黒のタートルとジーンズという軽装で、次女の綾は

「えっ」と思わず小さな声を上げた。銀子は、その声を聞いて笑う。

「弁護士らしくなかったでしょうか。このほうが緊張しなくていいでしょう？　ホームページの写真は真面目すぎるから」

と、銀子は気さくに、次女の綾に声をかけた。葵は、持ってきた駿河屋の和菓子を差し出しながら、立ち上がった。

「はじめまして。今日は、どうかよろしくお願いします。私も、正直に言うと、もっと怖い感じの先生かと思っていました。何だか、安心しました。よろしくお願いします」

葵も頭を下げ、娘達も椅子から立ち上がって頭を下げた。銀子は、皆に、座るよう勧めた。

「大変だったでしょうご主人のこと。お送りいただいた資料は全て見せていただきました。奥さまもお嬢さんも看護師さんなんですね。それなら、おかしい事はわかりますよね。ここに来るまでに、いろいろ周りの方から言われたのではないですか？　弁護士を頼むなんてやめておけとか、訴訟なんて恥ずかしいとか」

「おっしゃるとおりです。今日、ここに来るまでに、本当にいろいろ悩みました」

「わかります。今日は、ゆっくりお話をうかがうつもりです」

銀子の言葉に促され、葵は、これまで悩んできた思いを怒涛のように吐き出した。自分たちは大地の受けた手術が医療ミスだと確信していること、これまで相談した知り合いの医者はありえない事故だと言っていたのに、訴訟というと逃げ腰になってしまったこと、義理の母まで弁護士事務所に行くことに大反対したこと。銀子は、時々うなずきながら葵や綾の話を、熱心にメモしながら聞いていた。

ひとしきり何があったのかを聞き終えると、銀子は、葵から送られた手術同意書や説明文書などを確認しながら机の上に広げた。

「綾さんは確か、現役の看護師さんですよね。直腸の手術は見たことありますか?」

「外科病棟に少しいたので、少しは見せてもらったことがあります。それと、学生のときに実習で、内視鏡の手術は見たことがあります」

「それなら、大丈夫。京子さんにはちょっと難しいかもしれませんが、お父さまの死について私の思う筋書きを、説明していいですか?」

そう言って、銀子は話を始めた。事務の美山は分厚い解剖学の本も何冊か持ってきて机の上に広げていた。綾にとっては学生時代の懐かしい解剖学本だったが、京子にとっては、グロテスクなものだった。銀子は、壁に掛けられたモニターに映る解剖図を指し示した。

「少し難しいところまで説明します。よくわからなければいつでも聞いてくださいね。綾さんは、後で、説明してあげてください。この絵の奥、骨盤の一番奥に青い静脈が網目のように骨盤を覆っているところ、仙骨静脈叢といいます。静脈叢というのは、くさむら、と書くように静脈の集まったところ、という意味です」

綾はうなずいた。美山は、別のページをモニターに移す。

「わかりにくいところを、この模型でいうと…」

といいながら、銀子は壁際に置いてあった骸骨の模型を持ってきて、骨盤の部分を外すとテーブルの上に置きながら説明を始めた。

「人間の骨盤はこんな風に、おわんのような形でカーブしている」

銀子は自分の腰に手を当てながら
「ここ、自分の骨盤を触ってみたらわかりますね。ご主人のがんがあった直腸は、この骨盤の奥底にありました。骨盤の中にある直腸は、骨盤の一番下のこのスペースから肛門、お尻につながっている部分にあります」

今度は、骨盤の模型を目の高さまで持ち上げると、肛門のほうに向かってのぞき込み、

「骨盤底、一番底の部分の手術では、こうしてのぞき込むようにしなければ見えない術野です。執刀医は、骨盤をのぞき込みながら直腸の周りを慎重に周りの組織と分けていく。生き物の体は、いくつもの膜が重なって層になっている。その層をきれいに剥がせば、上手な外科医なら出血させずに処理できるはずです。魚をさばくのと同じように。先ほど解剖の本に書いてあった、静脈の網目を傷つけることはない」

「お父さまのがんがあったのは、骨盤の模型でいえば、ここ。そして、この手術では、直腸全体を、骨盤から丁寧に剥がす必要があった。背中側の骨盤のほう、仙骨から直腸をゆっくり剥がす操作のときに、何枚も薄皮のような膜を、一層ずつ剥いでいくはずのところを、一層、深く入った」

熱心に聞いていた綾が思わず口をはさむ。

「そして、仙骨静脈叢（そう）から出血した」

「綾さんの言うとおり」

血管を傷つけたところまで、銀子の説明は明快だった。しかし、綾は納得できないような表情を浮かべていた。ホームページには銀子が元外科医だと書いてあったが、直腸の専門家とは書いていなかった。綾は、銀子の説明は、簡単すぎて本当に大丈夫なのか、銀子の自信に満ちた態度に、一抹の不安を覚えていた。

「私、泌尿器科に勤めています。院長に聞くと、合併症だといわれるんじゃないかと言ってました。病院の説明会でも、血管を傷つけたことは認めていました。でも、それが悪いことだという説明は全然なくて。静脈を傷つけても動脈と違って出血はわずかだから問題ないと何回も言われました。癒着を剥離するときに血管を損傷することはよくあることで、止血して問題なく手術は終わった、とも」

銀子は腕を組みながら
「なるほどね。でも、癒着していたところを剥離して血管を傷つけるというのは、外科医がいう、いつもの言い訳かな、と思いますよ」

「言い訳なんですか?」

「そう。お父さまはお腹の手術は生まれて初めてでしょう?　ひどい癒着があったとは考えにくい[23]。説明がうまいドクターは、嘘はつかないようにしながら、上手に、周辺の事実を説明して家族を説得していく。富小路先生の顔は、私も病院のホームページで確認しましたよ。下部消化管専門のベテランで、経験豊富、物腰も柔らかそうなイケメン五十代、といったところですよね。綾さんやお母様が看護師だということもわかった上で、うまく説明している。なかなかのやり手、だと思いますね」

「富小路先生には、『看護師ならあなたもわかるでしょう』とも言われました」

銀子は説明を続ける。

「大丈夫。まず、直腸の手術動画を見ればわかりますよ。ほら、今はYouTubeでも上手な手術の動画はいっぱいある。金さん、わかりやすいのをお願いします」

銀子の話に合わせて、美山は壁の大きなモニターに準備していたYouTubeの手術動画を映し始める。

「こうして、うまい先生の手術は血が出ないし、術野はドライで美しい。赤くないんです」

長女の京子が尋ねる。

「うまい先生なら出血しなかった、ということでしょうか?」

「そう。私は、そもそも仙骨から出血したことが問題だったと確信しています。ドライな手術のはずだったのに、出血させた、それ自体、下手な手術じゃないかと思う」

京子と葵はホッとした様子だった。しかし、綾は不満げな表情を浮かべていた。手術が下手だというだけで、裁判に勝てるのかが心配だったのだ。説明会でも富小路は迷いなく合併症だったと説明していたのだ。綾には、そんなに簡単に銀子のいう考えに病院が納得するとは思えなかった。綾は不安な気持ちを正直に銀子にぶつけた。

「出血したことは問題ないといわれた病院側の説明は、なんとなく正しい事を言っているような感じがしたんです。出血は、止血ができれば問題ないですよね。そうすると、病院のミスって言えるんでしょうか？　病院は簡単に認めないんじゃないでしょうか？」

銀子は大きくうなずいた。

「認めないでしょうね。でも、この動画を見てわかるように、黄色い脂肪がてかてか光っていて、赤くない。こういうのが正しい手術です」

美山は、動画の一場面で静止させた。銀子は立ち上がって、その一点を指さした。

「ここが、お父さまが死んだ原因です。この動画では一滴も血は出ていません」

葵と京子が動画を凝視している間に、綾はゴソゴソと書類を取り出した。

「この解剖報告書を出すの、忘れていました。病院は、解剖の結果からも仕方がなかったと説明していました。ここにも、ほら『回避不可能な合併症だ』って書いてあります」

銀子は、綾から受け取った解剖報告書をはじめから一枚ずつめくりながら、

「この報告書、弁護士が介入して作ったものですね。あの病院なら松尾弁護士がまだ頑張っているんでしょう。敵ながらよく書けています。特に、ここ。ご遺族を少しでも満足させるために、出血させたことは正直に一部、認めておく。全部嘘にすると信用されませんからね。でも、肝心なところは裁判しても勝てないよ、と弁護士らしく逃げておく」

葵は眉間にシワを寄せた。

「そんなものなんですか？」

「ええ。私は、この文書から『さぁ、過失があると、言えるものなら言ってみろ』という挑戦を感じます」

「先生、そもそも、主人のケースは、勝てるんでしょうか？」

葵は、少しでも勝つ可能性があるといわれたら、病院を訴える覚悟を固めて今日の法律相談に臨んでいた。

「先生から見て、勝てる見込みはあるんでしょうか？　合併症だから、仕方がないといって負けてしまわないんでしょうか？」

「今回、病院に責任を認めさせるのはそんなに簡単じゃないと思っています」

「え？　というと？」

「勝てます、と言えたらいいんですけどね。訴訟は水もの、戦ってみなければわからない。相手がどんな医者の意見書を出してくるか、どんな裁判官か、それによって負けるリスクは常にある。でも、私は、出血させないように手術すべきだったと確信しています。そのことを裁判官にわかってもらう作業が訴訟手続きです」

京子が言葉を選びながら質問する。

「でも、よく、テレビとかネットニュースにはいくらで示談したとか、ってありますよね。裁判の前に示談ということは、できないんでしょうか？」

「今回は難しいでしょうね。私の考える問題点は間違っていないし、過失もある。でも、相手の病院がその点を認めなければ、示談交渉はすぐ決裂します。説明会での富小路医師の説明の仕方をお聞きする限り、そう簡単に示談に応じる気配はなさそうですね」

京子は、大きなため息をついた。綾は、銀子の自信にやはり不安を覚えたがうまく言葉にすることができなかった。

「戦いは始まったばかりです。あけがた病院は、私にとっても忘れられない病院ですし。皆さんの覚悟があるなら、もう一度、戦いましょう」

「え？」

葵は銀子の言葉に目を見開いた。

「ということは、あけがた病院は、これまでもミスをしているんですか？」

「私が以前戦ったドクターは、もう、あけがた病院を辞めてますし、消化器外科ではなかったですけどね。無事、その件は勝訴的和解で終わりました」


銀子は、葵たちに今後の進め方を説明した。

「まず、私の考えていることが本当に正しいかどうか、カルテで確認しなければなりません。妄想かもしれませんしね。そのためにも証拠を入手します。通常、電子カルテになっている病院なら、まずは、皆さんが請求する、カルテ開示で入手できます。でも、今回は、手術ビデオがあるかもしれない。開腹手術だったということですが、今どき本当に初めから最後まで開腹手術をしていたのか、一部腹腔鏡のカメラを併用することもありますし、万全を期して証拠保全がいいかもしれません。証拠保全というのは、カルテ改ざん、隠ぺいの恐れが認められるときに、裁判所を通じて診療記録を保全する手続きです。訴訟の覚悟がおありなら、訴訟を見据えて、もれなくカルテを押さえるところからやりましょう」

母や姉はこの弁護士に依頼しようとしている様子だったが、綾はその前に聞かなければいけないと思っていたことを、おそるおそる尋ねた。

「先生は、これまで直腸がんの医療訴訟で勝ったことはあるんですか？」

「直腸がんのケースは経験はありません。でも、今のところ医療訴訟で負けたことはありません。負け戦はやらない主義なので」

綾は、銀子を信じるしかないと思った。

その日の法律相談が終わったときには、すでに夕方になっていた。一人になった銀子は、会議室にある一番大きな観葉植物のカポックに水をやりながら、この植物を開業祝に送ってくれた寺山を思い出した。あの頃、寺山は闘病生活に入っていた。あけがた病院との訴訟が終わった直後、寺山がステージⅣのがんであることが判明した。死の直前まで、寺山は銀子にがんであることを告げなかったが、派手なウィッグ姿を見て、銀子は抗がん剤治療中であることに気づいていた。

「寺山先生、私もそろそろ、先生みたいに赤いスーツが似合う年になってきました。
今度は私一人で、乗り込んできます」

23 腹腔内手術歴や、腹膜炎などの感染症歴が全くなければ、癒着はほとんどなく、あってもごくわずかである。

14

黒づくめの男たち

大雨が降る真夏の午前十一時。外来患者でごった返すあけがた病院の受付は、クーラー全開でも蒸し暑くイライラした患者であふれかえっていた。そこに、正面玄関から不釣り合いな黒いスーツの男三人が入ってきた。手にはずぶ濡れのレインコートと黒い傘に黒いカバンを持ち、病院の受付に近づいて事務員に声をかけている。対応していた受付のパート事務員は、立ち上がると、裏の部屋に入っていき、声を震わせながら奥の部屋で仕事をしていた事務局長の鴨川を呼んだ。

「鴨川さん、大変です。すぐ来てください」

「ええ？　何ですか。大きな声で」

「あの、感じの悪い男の人が三人、受付に来てます。裁判所だって言ってて、おかしい人でしょうか。とにかく、早く来てください」

鴨川は、眉をひそめた。そんなことを言えば責任者が出てくると思っているのだろうか。悪質なモンスター・ペイシェントだと思いながら、立ち上がり、裁判所なわけがないだろう、と考えてからハッとした。

「もしかして、証拠保全か！」

噂には聞いていたが、本当に突然に、カルテの差し押さえがやってきたのだ。鴨川が出ていくと、受付前に、男が三人、異様な雰囲気で立っている。目つきの悪い五十がらみの中年男と三十代の色白、もう一人は四十代くらいの五分刈りがまわりを見回している。鴨川は、受付カウンターの外に出ると直立し、ゆっくりと腰から四十五度上体を曲げてお辞儀をした。

「大変お待たせいたしました」

そう声をかけた途端、色白の男が、頭を下げたままの鴨川に向かって一枚の紙を差し出しながら話し始めた。

「現在、午前十一時、証拠保全決定を提示します。本日、午後一時から、東山大地氏の診療記録などの保全手続きを行いますので、診療録の加筆修正、改ざんはしないでください。診療記録や電子カルテを見ることができる部屋を用意してください」

鴨川は、誰に電話をすべきか考えながらＰＨＳを握りしめた。頭の中では、さまざまな考えが浮かんでは消え、考えがまとまらない。顧問の松尾弁護士か、いや、違う。こういうときは医療安全のえびす安子が一番頼りになる。その間も、色白の男は話し続ける。

「ひとまず、この文書の受け取りを。あとの準備は病院側でお願いします。コピー機を一台、貸していただけると助かります。裁判官・書記官と、申し立て代理人、事務の方が数名入れる部屋を。時間は午後いっぱいかかる、という予定でお願いします」

「は、はい」

「では、私たちはいったん退散します。午後一時十分ほど前に病院前に集合しますので」

「えぇ、はい」

男たちは、一方的に要件を告げると病院の正面玄関から出ていった。待合の患者たちがざわついている。鴨川は、肩に挟んだＰＨＳの発信音を左耳で聞きながら、本棚をあさり、証拠保全手続きのマニュアルを探した。どこかにあるはずだが、こういうものは、たいてい必要なときに出てこない。結局、自分の頭に入っていることしか役に立たないと思い直し、えびすが電話に出てくれるのを待った。十回以上の呼び出し音の後、えびすの声がした。

「はい。外科病棟えびすです。お待たせしました、病棟がバタバタしていて。鴨川さん、久しぶりです。どうかしましたか？」

「師長、お疲れさまです。急にすみません。実は今、証拠保全が来て、手伝ってほしいんです。オペ日ですけど、今、大丈夫ですか…？」

「東山大地さんね、やはり。予想はしていました。院長には私からすぐ連絡しておきます」

えびすの声を聞いて、鴨川は安堵した。えびすは鴨川が言う前に患者の名前を口にした。証拠保全も覚悟していた様子だった。

「時間はまだ二時間あるし、私たちは何も後ろめたいことはしていないから大丈夫」

そう、えびすに言われて鴨川も冷静になった。まずは診療情報課に連絡し、部屋を手配してから、松尾弁護士の事務所に電話をした。電話口の松尾弁護士は面倒くさそうな声だった。

「ああ、保全ね。それは、病院で対応して。今どき珍しいね。カルテはいらないものまで出さなくてもいいから。カルテだけ、言われたように出せばいい。ところで、また何か事故ってたのか？　院長からは何も聞いてないが、今度は、どこの科だ？」

鴨川は大きなため息をついた。こんな緊急事態に弁護士は何の役にも立ってくれない。えびすも、いつも愚痴っていた。松尾弁護士からは、金銭を要求する手紙が来たときだけ、連絡するよう言われていて、細かいことで連絡すると不機嫌だと。そしてえびすは「医者も弁護士も偉そうで、好きになれない人種だ」とも言っていた。鴨川も全く同感だと思った。

鴨川は、東山大地の説明会のことを少しずつ思い出してきた。確か、ロボットを作るかなにかをしている患者で、妻は看護師、子どもにも看護師がいたはずだ。医療従事者の家族なのに証拠保全をしてくるなんて。あの説明会のとき、鴨川には、礼儀正しい奥様にしか見えなかったが、えびすは、あの妻が信用ならないとしきりに言っていた。えびすの勘が正しかった。「何事も経験、経験…」そう言いながら、鴨川は走り出した。

15

ビデオは語る

深夜二時の法律事務所。銀子は大きなモニターの一点をにらんでいた。ファイルが広げられた机の片隅には、制服を着た息子の写真と白衣を着た小さなテディベアが立っている。銀子が見つめるのは、証拠保全手続きで入手したビデオ画像。東山大地の骨盤の中が写った動画だった。動画に音はなく、てらてらと光る黄色い脂肪をまさぐるように、銀色の細長い棒、鉗子が左右から一本ずつ出て無音で動いている。

患者は開腹手術を強く望んでいたはずだ。家族はロボット手術も腹腔鏡手術も患者が明確に拒否していたと話していた。それなのに、なぜか手術は腹腔鏡で始められていた。銀子が三倍速で見る限り、ビデオが編集された痕跡はない。三十分ほど腹腔内を観察した後、突然、カメラ・スコープが腹腔内から取り出され、画面が終わった。その後で、内視鏡のカメラが再び挿入されたときには、術野に血液が溜まっていたが、すぐにカメラは再び取り出され、手術室の台の上に置かれたまま、手術室の壁を映し続けていた。

銀子はあらためて血液が溜まっていた三分ほどの動画を何度かコマ送りで確認し、「骨盤の奥から出血か」とつぶやいた。ビデオの再生を何度か繰り返した後で、今度は、机の上に広げた五冊の膨大なカルテに付箋を貼っていった。指サックをはめ、麻酔チャートのグラフと、手術記録の該当ページを見つけると、ピンクの付箋を貼った。手術の申し込み術式には「腹腔鏡下手術」と記載がある。やはり家族から聞いていた話と違う。若手外科医のトレーニングのため腹腔鏡で手術を開始し、途中で開腹するという流れを実践したかったのだろうか。最近の直腸がん手術は、ほとんど腹腔鏡手術かロボット手術で、開腹手術を経験する機会が激減している。うまい外科医ほど、腹腔鏡手術で最後まで完遂できるから、途中でトラブルになって腹腔鏡から開腹に移行する機会もめったにない。

若手を指導する立場からすれば、いまどき開腹を希望する患者はまれだから、腹腔鏡下から開腹への移行訓練にうってつけだ。まして、腹腔鏡の傷はごく小さく、開腹になれば、最初に腹腔鏡を使ったかどうかは患者にもわからないし、患者に何のデメリットもない。患者本人が開腹を希望していたのだから、開腹手術になっても責められることもない。

しかし、と銀子は考える。トラブルになっている今、患者にも家族にも言わずに、勝手に腹腔鏡にしていたのはまずい。それに「腹腔鏡下手術」で手術を申し込んでいる以上、手術費用も腹腔鏡下直腸切断術で保険請求しているはずだ。家族になぜ説明がなかったのか、保険診療報酬を違法に請求している点は、厚生局に通報する必要がある。

さらに銀子は核心部分に迫っていく。麻酔チャートは、手術室の状況を映し出す鏡だ。開腹に切り替えた一時間後に、出血量８００㎖の記録があり、その後も１５０㎖、２３０㎖と出血が続いていた。麻酔科医は生理食塩水と濃厚赤血球輸血を四単位、合計１０００㎖以上の補液をしている。家族は「ちょっと出血した」、と聞いていたそうだが、これではちょっとした出血とはいえない。こうして小さなウソを積み重ねるから、遺族は許せなくなり訴訟になるのだ。

手術記録は医者五年目の御池隆が書いている。「型どおり仙骨全面を剥離し、出血したが十字結紮で止血を得た」と書いてある。記載の修正は四回も繰り返され、最終版である第四版は、術後大出血が起こった手術三日後、それも緊急手術後に書き換えたものだ。手術記録を何日もたってから書き換えることなど通常は考えにくいから、いよいよ怪しい。修正前に「直腸後面の剥離に難渋し、仙骨全面の静脈叢から出血」と書かれていた記載は、すべて削除されていた。

病院の作成した報告書にもあらためて目を通した。「過失」がないかのように、うまくまとめられ、銀子が病院を守る側なら、こう書くだろうというポイントは押さえられている。敵ながらこの緻密な仕事ぶりは、松尾弁護士の作だろう。出血しても過失にならないことを十分理解したうえでの防衛策になっていて、銀子には、行間から松尾弁護士の含み笑いが見えるような気がした。

しかし、患者や遺族はだませても、私は違う。松尾弁護士の限界は、手術のお作法や解剖の基本を理解できていないところにある。今回はお作法を守れていない、明らかに下手な手術なのだ。銀子は、保険会社も病院も、これからは医師資格を有する弁護士を雇ったほうがいい、と思った。

カルテから情報を拾いながら、銀子は訴状を作り始めてゆく。寺山はいつもこう言っていた。

「訴状は、J（ジェー）（裁判官）[24]へのラブレターのつもりで書く。銀ちゃんは外科医だから自分はわかるのやろうけど、Jには正常解剖が想像できてへんことを忘れたらあかんよ。銀ちゃんにだけわかっても、Jには伝わってないかもしれん。彼らは原則文系で左脳人間も多いから、空間認識能力は低いかもしれんと思っとかなあかん。超頭のいい論理的な文系高校生を想像しながら、読んでくれるかな、って考えてみたらいい」

亡き寺山の教えは銀子にとって宝ものだ。でも宝物で終わらせてはいけない。寺山に追いつく弁護士が一人でも増えなければ、圧倒的に患者が不利な日本の医療訴訟は変わらない。銀子はまず自分が師匠を超えていかなければならない、と思っていた。

裁判官「J」の視覚に訴えるため、出血が写っていた手術ビデオの静止画面をパラパラ漫画のように何枚か貼りつけ、解剖学の本から切り取った絵も貼りつけて、吹き出しのように、セリフを書き加える。「ここは仙骨静脈叢、本来の手術では出血しない部位」と。薄暗かった事務所に朝日が差し始め、月曜の朝に訴状が完成した。

24　弁護士同士の隠語として、「裁判官」JudgeをJ（ジェー）、「検察官」ProsecuterをP（ピー）という。「弁護士」は、英語では様々な呼び名がありわかりにくいため、日本語の「B」、Barrister（法廷弁護士）の略だという説もある。

16
10分の戦場

訴状を出して三か月。まだ暑いが空の高さが秋の気配を感じさせた。銀子は、初回の弁論期日に、久しぶりにスーツを着た。コロナ騒ぎの後、ほぼすべての裁判期日がＷｅｂ会議になり出頭は久しぶりだ。今日は、相手方の松尾弁護士も出頭するというから、わざわざ東京地裁にやって来た。裁判所はこんなに薄暗く、かび臭かったのかと改めて思う。松尾弁護士に直接会うのも、寺山先生のお別れ会以来だから、もう何年ぶりだろうか。

法廷の静けさを破って壇上の扉が開くと、銀子と松尾弁護士が立ち上がった。扉からは黒い法服の裁判官がぞろぞろと入ってきた。壇の中央に座ったのは五十代くらいの女性裁判官、通称、氷の女王だ。両側に年下の男性裁判官二名を従えて弁護士を見下ろしている。書記官が「令和×年　ワ第２３６９号損害賠償事件…」と事件番号を棒読みした後、氷の女王は不機嫌な顔のまま、唐突に話し始めた。

「いきなりですが、本件の争点は仙骨静脈叢という部位を損傷しない義務があるか、というところで双方、異存ありませんね？」

銀子は、うわさどおりの感じの悪い裁判官だと思うと同時に、医療集中部らしい張り詰めた緊張感を感じた。この三人の裁判官が所属する東京地裁の民事第36部は、いわゆる医療集中部といわれている医療事件を集中して審理する民事裁判の裁判体の一つだ。田舎の地裁では、初めての裁判期日で、突然裁判官が医学的な専門用語を語りだすようなことは、まずない。いつもなら、裁判官たちは書面をゆっくり読み、何回か裁判期日を重ねながら、一年以上かけてゆっくりと問題点を咀嚼し、整理していく。しかし、医療集中部ではそのスピード感が違う。

銀子は「異存ありません」と高らかに述べ、初回期日としては、悪くない滑り出しだと思った。裁判官が、静脈叢という専門用語を正しく読めただけでも、大きな収穫だ。訴状に書いた少ない情報だけで、裁判官がすでに争点を洗い出そうと試みていることがわかる。銀子は、この調子で、こちらの主張を押し通せば、頭のいい氷の女王は早々に争点の整理をしてくれると確信した。冷徹な訴訟指揮で、被害感情を理解しない態度だとは聞いていたが、さすがに頭は切れそうだ。グズグズして仕事の遅い無能な弁護士は大嫌い、という頭脳明晰タイプだろう。通常、患者側弁護士は、協力してくれる医師のアドバイスを聞きながら訴訟を行っているから、裁判期日で急に医学的なことを指摘されても、その場で回答ができない。だからこそ患者側弁護士たちからの評判が悪かったのではないか、と銀子は考えた。自分は医者で相手の弁護士はただの弁護士だ。十分ほどの期日での格闘は、口頭で医学論争をしてくれたほうが、こちらのペースに持っていける。氷の女王との相性は悪くない、そう思いながら、あっという間に次回期日の日程を決めて初回の弁論期日が終わった。

二月になった。外はまだ強い風が吹いていたが、法律事務所のブラインドの隙間からは柔らかい光が差し込んでいた。銀子はセーター姿で、十五時三十分の裁判期日を前に事務所のＰＣに向かっていた。慣れとは怖いもので、裁判所に足しげく通っていたコロナ前の日常はすでに遠い記憶だ。こうしてＰＣに向かう裁判期日がずっと前から続いている気がする。昔の弁護士の仕事は、ほとんど移動だけで終わっていたのではないかと思う。

銀子は、今日の戦いで何を言うべきか考えながら、裁判所からの参加要請の連絡を待った。Ｍｅｅｔｉｎｇの「参加」ボタンをクリックし、期日が始まると、Ｗｅｂ上の画面にはブラウス姿の氷の女王が映り、ノーネクタイでストライプシャツを着た松尾弁護士、銀子がそれぞれ別の画面に映し出された。

氷の女王はＷｅｂ会議でも鋭い目つきだ。期日までに提出された書面や証拠の確認を済ませると、「何かありますか」との氷の女王の問いに、松尾弁護士が一方的に話を始めた。

「えー。私のほうからまず、いいですか？　原告さんの書面は長々と書かれていますが、血管を傷つけたからといって修復できれば全く問題はない、ということをあらためて述べておきたい。本件はそもそも義務もなければ過失もない。そもそも原告さんの言い分では、一体どの時点にどんな義務があると主張されるのか、それすらよくわからない。裁判長、原告さんの主張を正しく書いていただかないと、こちらは反論のしようがありませんなぁ…」

銀子は、松尾弁護士のいつものマウントを受け流しつつ、イラつきを顔に出さずに、できるだけゆっくり低いトーンで言葉を被せる。

「裁判長。こちらとしては、今まで具体的かつ詳細に義務を明らかにし、過失の特定をしています。これ以上、何を書けとおっしゃるのか被告代理人の言っている意味が全くわかりません。裁判長には初回期日の時点で、すでに問題点を的確に把握いただいていたはずですし、十分おわかりかとは思いますが」

氷の女王は、二人の攻防を無表情で聞いたあと口を開いた。

「裁判所としては、再度、とりあえず原告にもう少し主張を補充してもらいたいところです。主張立証責任があるのは、原告。被告代理人のおっしゃるとおり原則にのっとって、もう一度過失の整理と補充を。では原告、書面作成までどのくらいの期間、必要ですか？」

銀子は思わず眉間にシワを寄せた。なぜ、松尾弁護士のただのマウント発言に、氷の女王が乗ってくるのか。争点を理解していると思っていたのは勘違いだったのかもしれない、と思った。前回提出の松尾弁護士の書面に説得力はなかった。消化器外科医として直腸がんの手術もしてきた私が、実際これほど丁寧に、下手な手術でおかしいと言っているのに、何がわからないのか。銀子は思わず氷の女王にかみついた。

「いいですか、裁判長。これ以上無理な立証を原告側に課すのは、証拠が偏在している医療裁判において公平の観点から間違っている。公平な訴訟指揮をお願いしたい」

氷の女王は鼻を上に向けたまま、無表情で返す。

「原告、もう補充主張をしないというならそれで構いませんが、主張するのなら次回までに補充を。どういう法的義務なのか明確に。では本日はこれで。一か月半あれば十分ですか？」

主張を補充しなければ、もう「あなたたちは負けますよ」と言わんばかりの様子に、いつもなら冷静な銀子も、顔に不快感を現した。まさか自分が、明らかなミスがあるこんな事件で負けるはずはない。

松尾弁護士は画面の向こうで、薄っすらと笑みを浮かべている。銀子は、画面越しに松尾弁護士をにらみつけたが、法定では感情的になったほうが負けだ。これ以上、無駄にほえるわけにはいかない。赤い「退出」ボタンを押しながら、「くそっ。冷徹女め！」と、一人パソコンに向かって吐き捨てた。二回大きく息を吐き、自分自身、正しいことを確信しているがゆえのあせりがあるかもしれない、と冷静に自己分析した。

いつもならこちらから追い詰めて、裁判官を味方につけ、相手の弁護士が逆ギレする筋書きのはずだ。今日は、勝手が違う。もう一度ゆっくりと息を吸い込み、事務所の見慣れた天井を見上げ、天井まで葉を広げた観葉植物に視線を移すと息を吐いた。

ウェブでの期日が終わったことを察して、金さんが部屋に入ってきた。

「おやおや、めずらしくご立腹のご様子。敵はB[24]（弁護士）ではなくJですからね、先生」

「わかってる。金さん、とりあえず、一番きれいな手術動画探してくれる?」

「もういくつか見繕ってます。そろそろ出すころかな、と」

「英語論文も、探すわ」

「いやいや、そんなものも、もう清香ちゃんが揃えてくれてますよ」

「助かる。あとは、直腸がんのお作法本、当時売ってた開腹手術の手術書。もう中古で安くなってるはず。カラー写真が多いやつを十万円分ぐらい買っといて」

「了解です。今回は、手術手技だけで押し切るんですか?」

「というと?」

「銀子先生、怒るかもしれませんけど、医療事務の感覚からするとね、いくらあのスーパー・イケメン・ドクターが手術がうまくても、少しくらいはミスするんじゃないか、裁判所はそう思ってるのではないか、と」

「聞いてたの? さっきのやり取り」

「先生の声、丸聞こえですよ、いつも」

「スーパードクターかどうかわかる?」

「そりゃ、すでに尋問準備もかねて、ドクターの顔はちらっと見に行ってきましたし。知り合いに会うついでにね。検査技師の知り合いも元気でした」

「金さん、あけがたに知り合いいたのね?」

「いや、知り合いは作るもの、でしょ? 先生?」

「そういうことか。いつもながら、サンキュー。で、執刀した御池っていう医者は見てきた?」

「いえ。御池医師は事故直後に大学に戻されてます。あけがたの内部でも、あの事故は彼のせいじゃないかって言われているみたいでしたよ。今は、大学戻って院生でした。マウスの脳を切り刻んだりする教室でね」

「神経の教室にいるのね」

「そうみたいです。外科医なのに基礎の教室に出入りしてるあたりも、なんだかちょっとおかしいでしょ? 教授の差し金ですかね? そこまではまだ調べられてませんが」

「助かるわ。今回はスーパードクター富小路が、御池を守って自分で裁判に出てくる気がする。富小路のことと、御池の手術センスも聞いといてもらえると助かる」

「もう一つ、麻酔チャートの麻酔科医、鳥居妙子って書いてありましたでしょ」

「金さん、知ってる人なの?」

「いえいえ、今、埼玉の産婦人科のクリニックにいるみたいですよ」

銀子がＰＣで検索をかけると、ずいぶん前にアルバイトに行っていた産婦人科クリニックの麻酔科の欄に鳥居の名前があった。

「え、ここにいるのね。本当に狭い世界。ありがとう、金さん。久しぶりにあの理事長に会いに行ってくるわ。突破口が見えてきた気がする」

「麻酔科医の情報は、尋問前でいいかと思っていたんですけど、先生なんか今回は焦っている気がして早めにお伝えしました」

「ばれてたか。今回、氷の女王が冷たいからって弱気になってた。勝てる気がしなくてイラついてたわ」

「先生らしくないですよ。いつも諦めたら負けだ、って自分で言ってるじゃないですか」

「そうよね。とりあえず書いてみるわ」

裁判では、敵はＪ（裁判官）だ。ひたすら彼らが判決を書けるところまで証拠を揃えてやり、根気よく説得するしかないのだ。銀子は腹をくくる。まだ裁判は、始まったばかりだ。嫌な気分の時ほど、早く準備書面を書き始めなければならないこともわかっている。書面を書き始めて無心にキーボードに向かっていると、次第に、落ち着きを取り戻し、勝てる気がしてくる。どうすればいいか迷うより先に動く。それは「頭より先に体を動かせ」と指導医にいわれ続けた外科でも同じだった。「外科医なら走りながら考えろ」と。弁護士も同じだ。考えるより書き始めることだ。どう裁判官を説得してゆくかの方向性はすでに決まっている。茶道の美しいお作法のように、手術にも本来あるべき基本のお作法があるのだ。柔道も空手も、型を学ぶところから始まる。基本ができない外科医は、膜と膜の層構造が理解できず、むやみに正常組織を破壊し、術野は赤く汚くなっていくのだということを裁判官にいかに知らせるか、だ。

銀子は、証拠として提出する模範手術ビデオを三倍速で映しながら、昔の指導医とオペ室の風景を思い出した。研修医の銀子よりも手術が下手で、やたらと膜を破壊し、出血させていた先輩外科医。あの先輩は、訴えられずに今もどこかで無事に手術をしているのだろうか。さぁ、とにかく、メスで開いた腹の中を見たことがない裁判官に、お作法を伝えなければならない。今夜のうちに書面の案は書き上げてしまおう。

17 迫る証人尋問の日

今日は事務所の電話があまり鳴らない。

いつもなら医療事故を専門に扱う銀子の法律事務所には、毎日のように問い合わせの電話が掛かってくる。ショッキングな医療事故の報道があった翌日には電話が鳴りやまない。芸能人が子宮頸がんで亡くなると、検診クリニックが混雑し、乳がんの番組があると乳房が痛い患者がやたらに増えるのと同じだ。一方、テレビやネットで若い研修医が過労の末、自殺したというショッキングな報道や、汗だくの医者が走り回る姿を映し続けているときは、病院やクリニックを訴えようと思う遺族が減る。ある意味、人間の心理として当然のことかもしれない。

弁護士事務所にとっては電話が鳴らないということは、仕事が減ることに直結する。しかし、事務所の経営よりも、銀子の本心は別のところにあった。今はただ、来週に控えた外科医の証人尋問の準備だけをしていたかった。静かなほうが集中できる。金庫番である金さんは、「そんな仕事ぶりだから経営が安定しないんですよ、銀行が心配するんで、大変なんですよ」と言っている。銀子はいつも「勝たなければ成功報酬も入ってこないのだから、採算度外視で徹底的に戦うしかないのよ」とうそぶいていた。税理士も銀子の仕事の不安定さをいつも心配していたが、弁護士なんてもともと安定しない職業なのだ。それが嫌なら医者を続けている。

医療訴訟において医師の証人尋問は、患者の家族にとっても、病院や医者にとっても一大イベントだ。あんなものは依頼者へのパフォーマンスでしかない、と公然という弁護士もいるが、銀子はそうは思わない。たとえパフォーマンスの要素があったとしても、裁判官も相手の弁護士も、そして証人も人間であるかぎり、ライブでの熱量が、何かを少しずつ変えてゆく。銀子は徹底的に準備し、重要なカルテのすべてを頭に入れ込み、証人尋問の一日のために心血を注ぎ込む。尋問に、アドリブは効かない。準備がすべてだ。寺山のように問答すべてを覚え込む芸当は銀子にはできないが、その代わり麻酔記録（麻酔チャート）を見ればオペ室の緊迫感や医者の会話も銀子にはリアルに聞こえてくる。証人尋問は、手術の現場を見たことがない裁判官に、現場の緊迫感を体感してもらえる唯一のチャンスなのだ。まずは銀子自身が具体的な状況を想像できなければ、裁判官にそのシーンを再現し想像させることは絶対にできない。自分自身の頭の中に、明確なイメージを持てるまでカルテを読み込むしか方法はない。

麻酔チャートには８００㎖もの出血が記録されている。この時刻の直前、出血した瞬間は、研修医の御池が電気メスを持ち、富小路は術野を見ることはできなかったはずだ。剥離層を誤って仙骨前面の静脈叢を損傷してしまった瞬間、御池の動きからオペ室中が異変を感じただろう。本来、直腸がんのステージⅠでは静脈叢に触れるはずがない、ということもその場にいたすべての人間が知っていたはずだ。研修医の御池は、自分しか見えない赤黒い血が湧き出てくる術野に、慌てふためいたはずで、富小路に助けを求めただろう。金さんの調査によれば、御池はこの事件の前まで、直腸がんの助手歴はあっても執刀歴はなかった可能性が高い。元オペ看情報でも、手術のセンスもいまいちだったという。慣れない操作を急にやってみるか？　といわれ、急なチャンスで失敗してしまったのかもしれない。

手術記録には、主治医の御池が書いた「圧迫止血」の四文字がある。指導医である富小路は冷静さを失う御池から鉗子や電気メスを取り上げ、「ガーゼで圧迫！　動くな！」と声をかけた場面が想像できる。看護師達が、空気を察してバタバタと動き始めても、富小路は落ち着いていただろう。本物の外科医は、そういうときこそ本領を発揮するものだ。銀子の想像では、富小路はおそらくオペ室のざわついた空気を静かに収め、何をすべきか冷静に判断し、場を和やかに保つことができるプロだったような気がする。外科医の真の実力は器用さではない。優秀な外科医は、術前に、起こり得る危機的状況をすべて予測し、必要なものを準備しておきながら、そんな状況など想像すらしていなかったかのように、型どおり淡々と手術を終えるものなのだ。

手術中、操作を止めたまま圧迫止血する五分間は非常に長い。富小路は血の付いた両手袋のまま腕組みし、患者の顔にかけられた青い滅菌シートの向こうで、麻酔科医の鳥居が生理食塩水を全開で始め輸血オーダーをしている様子も確認していただろう。銀子が読み解いたかぎりでは、鳥居の輸血や血液ガスのオーダーは、出血直後に実施され、その動きに隙は無かった。麻酔チャートには出血量にかかわらずバイタルサインの乱れはなく、鳥居妙子の麻酔科医としての能力が相当高いことが見て取れた。

銀子は、一週間前に鳥居に会いに行ってきた。産婦人科クリニックの理事長は、相変わらず鍛え上げたスリムな体形で仕立ての良い麻のシャツを着て顔はゴルフ焼けしていた。

「いやいや、先生、久しぶりー。うちでのアルバイトまた考えてくれる？　先生の外来、人気だったのにぃ。今でも白川先生どこにおられるんですかぁって聞かれるよぉ。

それとも、うちの顧問やってくれる気になったぁ？」

軽妙で甘い語り口とは裏腹に目の奥の鋭さも相変わらず、といったところだ。創業者一族を追い出し、今は知事選も狙っているやり手経営者であることは銀子もよく知っていた。

「いえいえ、鬼頭理事長。長らくご無沙汰しておりまして、大変失礼いたしました。肛門科の女医さん、たくさんきれいな先生がおられるじゃないですか。私なんか役立たずですよ」

「で、今日の用件はネットニュースにあった受精卵紛失の件？　それとも東京のクリニックで起こったＣＰの件？」

ＣＰとは脳性麻痺。産婦人科の出産トラブルで生まれた子どもが脳性麻痺になってしまったケースのことだ。

「さすがの早耳ですね。残念ながらどちらも違うんです。で、ＣＰのほうは、例のあのクリニックです。まだ産科やってるんですね、あのおじいちゃん医師（ドクター）。両親は、うちに相談来られまして、近いうちに鬼頭先生にまた見ていただきたいと思っていますので、日を改めてまたカルテ持参します。今日は、違うんです。麻酔科の鳥居先生にお会いしたくて……」

「あー今回は、麻酔事故ぉ？」

「いえ、実は、消化器外科のオペで。実は鳥居先生が麻酔をかけておられたという情報がありまして……」

「とすると、あけがた病院か」

「ご推察の通り……です」

「事情ありそうだねぇ。鳥居先生なら、今やってるカイザー[25]終わったら帰るまで少し時間があるかな。彼女も子育て中だから五時までの人だからねぇ。ホントに女医たちは才能あるのにもったいないねぇ。ホントによく働くのにねぇ。ゆっくりコーヒーでも飲んでここで待ってるといい。ゲイシャのいい豆が手に入ったから。で、うちの顧問の話は、真剣に考えといてよぉ」

「ありがとうございます。顧問は優秀な弁護士さんがたくさんおられますからご紹介しますよ。私なんか……」

「いやいや。白川銀子でないと。うちを訴えられないようにね」

「病院側の仕事は立場上受けないことにしているので……」

「わかってるけどねぇ。私がこんなにお願いしてもぉ？」

「また検討しておきます。でも医師会さんが認めないですよ。私が顧問なんかすることを」

「それはね、先生が受けてくれるなら医師会は私が通す。ま、頼んだよぉ。じゃ、僕は保険病院協会の会合に行くからお先に失礼。鳥居君をあんまりこわがらせないようにねぇ。じゃ」

「了解です。助かります」

しばらくすると、濃紺のスクラブに白衣をひっかけたままの姿で鳥居が理事長室に入ってきた。

「鳥居先生、初めまして。医師・弁護士の白川と申します」

鳥居は怪訝そうな顔で銀子を見た。

「またどうして私なんかに？　理事長には、話を聞いてやってくれと言われましたけど、四時半ぐらいまでなら」

「無理なお願いはしません。先生のご迷惑にならない範囲で、お話だけ聞かせてもらえたら十分なので」

「え？　先生は、ドクターで弁護士さんなんでしょ？　麻酔事故か何かですか？」

「いえ、実は、あけがたの……」

「あ、あ。もしかして」

「その、もしかしてです」

「立場上、私も医局派遣であけがたに行ってたので、私の見たことしか話せませんけど……」

「もちろんです。それで構いません。麻酔チャートや看護記録はここに持ってきました」

銀子は薄いファイルを取り出すと付箋を貼った麻酔記録を机の上に広げ、手術の動画を再生するためにタブレットも置いた。

「確か、術後に出血して亡くなったんですよね。裁判になってたりする、ってことですか？」

「その通りです」

「先生が麻酔当日、記録を見たときにはラパロ（腹腔鏡）で手術申し込みされてましたよね」

「ええ。なぜラパロで続けないの？　って思ってました」

「もともと患者は開腹希望だったこと、先生はご存じでしたか」

「えー全然。なんで開けるの？　いいの？　って思ってましたから。ま、外科医の言うことは絶対ですし、黙ってました。病院経営のためにラパロセット使ったことにするとか、件数稼ぎとかそういうことなのかなぁ、と」

「富小路先生が後輩の外科医を指導するために、開腹予定の手術をラパロで始めたってことは考えられませんか？」

「あー、それはありうる。富小路先生はいい人だし、なかなかの腕なんですけど、研修医の指導に熱心すぎるんじゃないの、って見てて思いました。あんなへたくそに任せていいの？　って」

「といいますと？」

「あの時も、最後まで自分でやってくれたら早く帰れたのに、途中で研修医にやらせたりするからあんなことに」

「ここの、出血したところですよね」

銀子は麻酔チャートの出血が記載されているところを指さした。

「そうそう、あの日は子どもの保育園でインフルが流行していて、早くお迎えいけるかなってあてにしてたのに。よりによって仙骨前面なんて、下手な子に急にやらせたりしたら駄目よね」

「研修医は、麻酔科の先生から見て能力低かった？」

「そうねぇ。うまい感じはしなかったなぁ。人のよさそうな感じで消化器外科医っぽくないというか。オペ看もあんまり評価はしてなかったかなぁ。私も、Ｓ状結腸でさえ出血させてたの見たことあったし」

「そうなんですね。基本のＳ状結腸でも」

「そうそう。直腸なんて無理だったんじゃないのかなぁ。麻酔科医が言うことじゃないけど。白川先生、弁護士の前は、外科医だったんでしょう？　そのあたり、わかるんじゃないんですか？」

「いえいえ。私なんか麻酔科の先生たちみたいに他の外科医を観察する余裕なかったですし。それにしても、鳥居先生のご判断で患者のバイタルは全く乱れがありませんよね。さすがです」

「フフ。１０００以下で乱れさせるようなら、麻酔科としてはやぶ医者って言われますからね」

「先生ほどの能力なら、心外麻酔とか、行かれないんですか？　バイト料もいいのに」

「子育て中はね。心外は、長くなるから。ここなら緊急あっても日勤で交代できるしね」

「キャリアアップはお考えじゃないんですか」

「子どもが中学とかになったら子ども病院とかも考えてますけどね」

「そのための産科麻酔？」

「それも、あるけれど、理事長が話通じる人だし、顔も広いから」

「ですよね。鬼頭理事長はやり手ですよね、相当の」

「で、あの白川先生って、医療事件以外の仕事はされないんですか？」

「そんなことはないですけど、例えば？」

「うーん、私じゃないけど、知り合いの人がね……離婚、とか」

銀子は、自分の名刺を取り出し、プライベート用のメールアドレスを手書きしてそっと鳥居に渡した。

「ここでは、誰が聞いてるかわかりませんし、うわさになるといけないので、ここにメールを」

「あ、ありがとうございます。また知人に聞いて……連絡しますね」

「で、手術の続きの話なんですけれど……」

　鳥居と銀子の話は、五時直前まで続いた。鳥居は、時計を見て慌て「また、連絡します」と言いながら部屋を出ていった。

◇　◇　◇

　鳥居の話を思い出しながら、銀子は証人尋問の準備を続け、御池の書いた手術記録を見直していた。「直腸後面の剥離に難渋し仙骨前面の静脈叢から出血」の文字が削除され、何事もなかったかのように「型どおり仙骨前面を剥離し、出血したが十字結紮で止血を得た」と記されている。裁判官がこの一文から当時の緊迫感を想像することは難しいだろう。銀子はなんとか自分がその雰囲気を伝えなければと考えた。

　富小路は、外回り看護師に、針付き糸と、温生食をとりあえず２０００㎖は用意させたはずだ。そして、自ら出血部位の結紮を行い、止血後にダグラス窩を洗浄して止血を何度も確認したはずだ。開腹手術の予定だったのだから止血のための術野は広く問題はなかったはず。それに、ベテランの富小路が、自ら仙骨静脈叢に切り込むようなへまをやらないことも鳥居の話で確信を持てた。御池に電気メスを渡した以上、静脈叢の出血も、富小路の予想の範囲内だっただろう。部下にどこまでさせてもよいか、常に考えながら手術をしていたはずだ。

本当に優秀な外科医なら、静脈叢の出血を見た瞬間、仙骨ピンを使った止血が頭をよぎったのではないか。このとき富小路は仙骨ピンを準備していなかったのだろうか？なぜ、この日の物品管理シールに仙骨ピンがないのだろう。物流に頼んでオペ室に届けさせる手間を惜しんだのか、看護師がいる家族を意識して手術時間を気にしたのか？「仙骨静脈叢を損傷しておいて再出血しないだろう」という発想は、「日曜日、公園の横を車で通過しながら子どもが飛び出して来ないだろう」と考えるようなものだ。結果として、このとき、仙骨ピンを不要と考えた富小路の甘さが患者を失血死させたのではないか。公園の前で子どもをひき殺せば当然、運転手の不注意と言われる。そんな風に裁判官にわかりやすく伝えなければならない。

銀子が尋問準備に没頭する間、金さんと清香の二人には別の作業があった。金さんは、元医療事務長の人脈をフル活用し、富小路医師について調べ上げたが、結局、これまでの医者のようにアラを探し出すことはできなかった。銀子は清香と乙A号証[26]のカル

テに付箋を貼り付けながら、

「富小路先生は、めずらしく、結構まともな外科医なのかもしれないね」

と声をかけた。どんなにまともな外科医だったとしても、と銀子は考える。証人尋問で富小路を責めることに、もうためらいはない。

◇　◇　◇

十四年前の事件で、寺山弁護士とあけがた病院を訴えたとき、銀子には自分も外科医なのにという迷いがあった。寺山に弟子にしてほしいと懇願して始めた訴訟だったが、一方では、「自分は完璧といえる医者なのか」、「外科学会で後ろ指を指されるのではないか」、「医者の友人がいなくなるのではないか」と自問し続けながら裁判を続けていた。寺山は「銀ちゃんは、外科医の感覚が抜けないね」と銀子の心を見透かしていたが、ためらいが残る銀子の文書を何度も修正してくれた。

あの当時、ダブルライセンスの医師免許を持つ弁護士はごく少数で、そのすべてが医療機関を守る立場に立っていた。患者側の活動をしていて、病院側の保険会社からスカウトされ医療機関側に立場を変えた弁護士もいた。患者側弁護士達からは、銀子も医者である以上、どうせ「あちら側」に行くのだろうと揶揄されていることも知っていた。

しかし、寺山は、

「銀ちゃんのような存在が、いずれ必ず求められるはずだから」

と、銀子を鼓舞しつづけ諦めずに指導してくれた。引っかかっていた思いが吹っ切れたのは、あの尋問の日。弁護士になって初めての証人尋問で、寺山の病院との壮絶な戦いに同席したときだ。外科病棟の看護師だったえびす安子は、法廷の真ん中でただ一人、毅然とした態度を崩さず寺山の厳しい質問に耐え続けていた。銀子は敵ながらえびすに尊敬すら覚えた。

しかし、銀子が証拠のカルテを示そうと法廷の中央に出たとき、傍聴席から
「お前も外科医のくせに！　裏切り者！」

と罵声がした。声の主は、スーツ姿の初老男で、銀子に対する明らかな敵意が含まれていた。

銀子はゆっくりと傍聴席の男を見据えた。佇まいからして、外科部長か副院長クラスか。同じ外科医なら手術室で患者を死なせても見逃せというのだろうか。自らの保身のた

めに言い訳し続けている医者や病院を許せというのか？　一人娘を亡くした母親が、命の代わりに補償を求めて何が悪いのか。ここは法治国家だ。えびす安子に対する尊敬の念とは裏腹に、ヤジるだけの無責任な男には軽蔑しか感じなかった。

人には、死ぬまでに与えられた役割がある。私のような外科医の弁護士がいなければ、誰がオペ室というブラックボックスをこじ開けられるのだろう。

「傍聴人は発言を控えて静粛に」

遠くで裁判長の声がした。

銀子はすでに外科医ではなくなっていた。無念を訴えた母親の尋問を始めた時には、悲しみに寄り添う患者側弁護士の顔になっていた。

25　帝王切開を指す医療用語。ドイツ語の帝王切開を意味するkaisershnitt（カイゼルシュニット）が由来といわれている。

26　裁判書に提出される証拠は、原告側からの提出物は「甲」号証、被告側からの提出物は「乙」号証と名付ける。医療訴訟においては、さらに事実関係を示すカルテや診断書などはA、医学文献はB、その他はCと分類される運用になっており、被告（病院側）から提出されるカルテは乙A号証である。

父、裁判に出る

富小路雅人のＬＩＮＥに、娘からすぐに返信が来た。

「どうしたの？　一緒にご飯食べようなんて」

富小路は娘とここ数か月間、ろくに会話をしていない。娘は病院での消化器外科部長としての富小路の顔は全く知らない。娘からすれば、父親は、ただお金を稼いで〝時々家にいる人〟ぐらいにしか思っていないだろう。

「母さんは？」

「今さら何言ってるの？　木曜は当直。じゃあ、十八時に宮寿司でいつものコース予約よろしく！」

娘をこんな風にぜいたくに育ててしまった妻にいらついたが、子育てを看護師の妻に任せきりにしてきた自分のせいということも十分わかっている。娘は成績優秀で医学部進学も可能だったが、あえて文学部を選んだのは父への反抗だろう。大学生活は楽しそうで、将来はパパみたいになりたくないから古典文学の研究者になるという。

富小路の両親は医者だった。小さなころから、医者になる選択肢が世の中で一番正しいと教えられてきた。娘の選択は全く理解できない世界だったが、いい加減に娘の生き方も受け入れなくてはならないと思っていた。忙しさを理由に娘と話す機会を避けてきたが、今日は、娘としらふで将来のことを話すいい機会ができた。

　富小路は、証人尋問を明日に控え、弁護士との打ち合わせが終わったばかりだった。尋問のことを考えると酒でも飲みたい気分だったが、さすがにまずいことはわかっている。思いのほか打ち合わせが早く終わってしまい、酒なしで早い時間から食事、と考えて娘に連絡することを思いついた。

　明日、裁判所に証人として出廷することは妻にしか話していない。今日打ち合わせをした病院の顧問弁護士からは、いろいろ考えずその場で自然に答えるようにと言われた。

　明日午後の裁判まで、することは何もなくなってしまった。病棟のことが気がかりで病棟看護師にも電話をしてみたが、病棟は静かで落ち着いており、オペもすべて問題なく終わったという。医者になって二十年以上たつが、土日も必ず一度は病棟に顔を出すのが日常だったから、病院に行かずにこうして明るいうちから食事をするというだけで罪悪感を覚えた。

　娘はなじみの寿司屋でカウンター越しに板前と話をしている。富小路は、弁護士から言われたことを考えていた。ストーリーとしては「手術中の剥離操作で出血しただけで、ミスではなく合併症だ」と。これまで裁判ではそう主張し続けているから、その流れで話すように弁護士は言っていた。事実、止血できたのだから問題なかったのだ。明日もそう答えることに迷いは全くなかった。

自分は何も悪いことはしていないし、御池にもミスはなかったと自信を持って答えること。外科手術で出血は珍しくないし、どんなにうまく手術しても3%は再出血が起こる。しかし止血すれば問題はない。

もし、相手の弁護士が再出血の原因について聞いてきたら、術後の感染症が原因で、医者のミスではないとはっきり言うように、と弁護士に言われた。とにかく「はい、そうです」と自信を持って答えるように、そして、余計なことをしゃべらないようにとも。証人尋問について、富小路自身はテレビドラマで見るようなイメージしかない。弁護士は胸に金バッジを光らせ、背筋を伸ばして、裁判員に向かって朗々と演説をする。それを見た裁判員は、証人がうそをついているのではないかと疑心暗鬼に陥っていく。サスペンスドラマの見過ぎだろうか。

とすると今回は自分が「悪役」の証人なのか。自分も、うそをついているに違いないと思われるのだろうか。これまで外科医としての仕事にプライドを持ってきたのに、なぜ証言台に立つようなことになったのだろう。何も後ろめたいことはないと考えたところで、訴訟を起こされるのは交通事故に遭うようなものだと誰かが言っていたことを思い出した。

顧問弁護士は、最後に一応伝えておく、と前置きをして、「相手の代理人は元外科医だが、心配はいらない」と言って打ち合わせが終わった。

娘は、次は寿司屋のおかみと話している。好きな芸能人が医師兼弁護士役というドラマの話に夢中になっている。娘は、パパも今から弁護士になればもっとカッコいいのに、といい加減なことを言っている。今さら遅いですね、と板前も軽口をたたいている。

世の中には医者で弁護士、というようなものがもうたくさんいるのだろうか。外科医になるだけでも一生かかる大変な仕事だと思ってきたのに、途中で医者を辞めてまで、なぜ弁護士になんてなろうと思うのだろう。ノーベル賞を受賞した教授のように外科医のセンスに恵まれず別の仕事に転向したという筋書きかもしれない。しょせん中途半端な外科医だろう。いや、相手が外科の世界を知っているなら、自分が説明しなくても理解できるはずだから、説明が省けてかえって楽かもしれない。そこまで考えて、もう明日のことは明日考えようと思った。

富小路は常に、考えても仕方がないことは考えないことにしている。今、できることに集中すれば、たいていの不安はおさまる。外科医として数々の修羅場を乗り越えてきたからこそ、「不安」がしぐさににじみ出て、場の空気をいらつかせることもよくわかっていた。今は、娘との幸せな時間を楽しもうと決めて、デザートのイチゴと夕張メロンまでを完食した。

証人尋問当日。富小路は、裁判所の一階にある薄暗いベンチでアップルウォッチを見た。待ち合わせの五分前。弁護士はこんなにぎりぎりにしか来ないものかと思っていると、キャリーケースを重そうに引きずりながら、弁護士がサスペンダー姿で現れた。顎をしゃくって五十メートルほど離れたソファを一瞥し「あれが相手方」と小さな声で呟いた。

深紅のスーツケースを足元に置き、一人熱心に紙ファイルを見ている女は、スーツも真っ赤だった。短髪はシルバーグレーだから同年代だろうが、富小路の思っていたダークスーツ、というイメージとはかなり違っていた。

富小路は、まるで金のあり余った美容外科医のようだと思った。出身大学は地方の私立、親のすねかじりで医学部に裏口から入ったようなやつに違いない。とすれば、大したことはなさそうだ。

そのあと、事務局長の鴨川と医療安全課のえびす看護師長が、見慣れないスーツ姿でやってきて富小路に会釈した。

「遅くなりました。富小路先生、今日はどうかよろしくお願いします」

えびすの落ち着いた声は、富小路をほっとさせた。確か、えびすは以前あけがた病院の裁判で証人尋問に出たと聞いている。富小路があけがた病院に来る前の事故らしく、詳細は知らないが、ひどい手術をやって何とか和解で終わらせたと前任の院長から聞いていた。

「富小路先生ですから、正直、全く心配していません。今回の事故は本当にミスはありませんし、ちゃんと裁判官にそのことを伝えればいいだけですしね。私のときは、ものすごく緊張して大汗かいていましたが、先生はさすがの余裕ですね」

えびすの柔らかい笑顔は、その場を和ませた。

「さて、４５１法廷が開いたようです」と、弁護士が腰を上げた。

富小路は法廷の真ん中に一人座り、落ちつきはらって昨日の打ち合わせどおりに弁護士の質問に答えていく。その姿はライトグレーのスーツに落ち着いた色のネクタイ、短く切りそろえられた髪に清潔感があり、背筋を伸ばして「誠実そうな医者」を体現していた。黒い法服を来た裁判官たちは無表情のままで、富小路には何を考えているかわからなかったが、予行演習どおりに順調に進んでいるという感覚があった。質問に答えていくに従って、富小路自身、何も悪いことをしていない、という確信が強くなり毅然とした意志が背中から漂っていた。

銀子は、自信に満ちた富小路の言葉を丁寧に聞いていた。

「なるほど、金さんの調査通り。看護師たちが褒めるわけだ」

銀子には、富小路のオペ室での姿が想像できた。迷いのないメスさばきで、何が起こってもうろたえることなく手術を進めていく富小路。

顧問弁護士の質問が終わると今度は銀子が靴音を立てて立ち上がった。

「ここからは原告代理人、白川銀子が質問いたします」

大きく通る銀子の声が法廷に響き渡ると、空気が一瞬で張りつめた。

反対尋問は、法廷の空気を換えるところから始まる。まずは「あなたのうそを暴く」

というプレッシャーを証人に与えなければならない。
富小路は目を見開き生唾を飲み込んだ。

外科医のプライド

傍聴席には亡くなった患者、東山大地の家族が慣れないスーツ姿で座っていた。次女の綾は最前列でメモを手に持っていた。綾は、富小路が外科医として法廷で何を証言するのか、父の無念を晴らすため富小路の言い訳をひとことも聞き逃すまいと真剣だった。妻の葵や長女の京子、その後ろには訴訟に否定的だった大地の両親も座っていた。法廷は、異様な緊張感に包まれていた。

銀子は、ゆっくりと法定の中央に座る富小路の前に進み出た。

銀子にとっては、可能な限り軽蔑に満ちた高圧的な態度で、医師に質問することも、証人尋問でのルーティンに過ぎなかった。直接、医師にぶつけられなかった遺族たちの悔しい思いを、尋問の場でぶつけ、証人を揺さぶること。それが今日の目的だ。患者側弁護士の自分たちがこの役割を担わなければ、裁判官は権威に弱い。社会的立場の高い医者たちにも甘い。医師たちがどんなに法廷で醜い言い訳やうそを繰り返しても、裁判官は医師に気を遣い優しく声をかけたりするのだ。しかも、医師たちは実際のところ偽証罪に問われるようなことはないし、何人殺そうと、何を言おうと医師免許を剝奪されるようなこともないのだ。

今日の相手は、消化器外科医。銀子の予想では「銀子のような外科医になれない中途半端なやつに、偉そうに質問されるのは許せない」と思いつつ、そんなそぶりは一切見せない紳士といったところだろう。プライドの高い医者なら、カッとなって怒ってくれれば銀子のペースに持っていける。法廷は心理戦、怒ったら負けなのだ。

銀子は質問を始める。

「うそ、偽りの発言は、偽証罪ですから。私も外科医ですし、うそは通じませんから」

銀子のとげとげしい声には、悪意が満ちていた。公衆の面前で「うそをつくなよ、偽証をするなよ」という銀子の脅し言葉に反応しない医者はまずいない。富小路も不快感を隠せず眉間にしわを寄せた。しかし、顔の曇りは一瞬で消えた。さすがに人望が厚い外科医だけのことはある。銀子はその表情をじっと冷静に見つめていた。

怒りを腹の中にねじ込めるタイプなら、理想論で押し通せばいい。医者は「さすがですね、何でもご存じですね」とおだてられることに慣れきっているから、ほめられれば舌が滑り、理想論をとうとうと語ってくれる。そして演説する自分の姿に酔ううちに、立場を忘れ、理想どおりでなかったからこそ、ミスが起き、裁判になっていることなど忘れてしまう。それも銀子の作戦の一つだった。

法廷では、いかにうまく隠そうとしても、自然にその人柄がにじみ出る。富小路雅人の評判は今まで法廷で会ってきたどの医者たちより「いい先生」だった。それも患者の前だけではなく、看護師たちからの信頼も厚く、責任感の強い優秀な外科医だというものだった。外科医を最も冷静に評価するはずの麻酔科医鳥居でさえ、富小路の手際のよさと人柄を褒めていた。今日の尋問も、指導医として研修医をかばうために自ら出廷を申し出たのだろう。

研修医にやらせた手術で出血したとしても、自ら指導した責任を負い研修医を守ろうとする、いい指導医のつもりかもしれない。しかし、見方を変えれば部下の研修医では尋問に耐えられないと考えているということでもある。優秀な外科医なら、部下の失敗と同じような失敗を、自分はしない、と言ってしまうだろう。さて、そのあたりはどう説明するつもりだろうか。

銀子は富小路ににじり寄り、吐息がかかる距離から質問を始める。

「では、単刀直入に。あなたは仙骨静脈叢からの大量出血に対して、プロリンで十字縫合して、大丈夫だと思ったのですか?」

銀子は、初球からいきなり超高速の直球ストレートを富小路に投げつけた。富小路が最も後悔しているはずの点だ。反対尋問は、相手に考える隙を与えてはいけない。銀子は、予想を裏切る質問を、予想外のテンポで順不同に投げつけてみる。今回の手術は、明らかに下手な手術だと富小路もわかっているはずだ。手術のうまい富小路なら、仙骨静脈叢を傷つけるようなミスはまずしない。部下を守るためには「出血しても問題ないのだ、止血は十分確認したのだ」とでも答えるつもりだろう。銀子の予想どおり、富小路は冷静に応える。

「はい、プロリンというごく細い糸で、しっかりと出血部位を把握し、十字に結紮しました。そのあと何回も、全く出血していないことを確認したので問題ないと思いました」

思ったとおりの模範回答だ。しかし、銀子はさらに富小路がのけぞるほど、にじり寄っていく。

「ふーん、そうですか。手術をやらせた研修医の御池医師は、直腸がん執刀の経験はなかったですよね？」

「…は？　彼は、何度も直腸がんの手術に入っています。御池は極めて優秀な消化器外科医です」

銀子は畳みかける。

「いやいや、何をおっしゃっているんですかね。手術に入る、つまり手を清潔に洗って助手として手術に入れてもらうのと、執刀するのは全く違いますよね。先生の基準は甘いんですね。仙骨静脈叢に切り込んでいくような膜のわからない外科医を極めて優秀だと？」

「………止血できれば問題ありませんから……」

「『はい』ですか『いいえ』ですか。心配なさらなくても全部、調べてありますよ。当時、御池医師は、まだアッペ・ヘルニア、ラパタン、気胸ぐらいしか執刀できなかった。そして、かわいそうなことに、そもそも、あまり手術のセンスも持ち合わせていない。性格はいいみたいですけどね」

「……」

「ところで、あなたは、なぜ急に、あの日、あの手術で直腸後壁の剥離を任せる気になったのですか？」

「……」

富小路の答えが淀む。富小路の頭の中では、なぜ、そんなことまで知っているのか、内部事情を密告する看護師がいるのか、という思いが駆けめぐっているはずだ。見えないはずのものが見えてしまったとき、人はうろたえる。それが裁判の真の争点でなくても証人の証言が揺らげば反対尋問は目的を達する。銀子は外科医時代、オペ場で虐げられていたオペ看や臨床工学技士を守ってきた。喜んで情報をくれる仲間はたくさんいる。金さんもその一人で、病院の金を横領していた副理事長の代わりに責任を取らされ、中堅病院の事務長の職を首になっていた。医者を恨むのは看護師や事務だけではない。最近は、銀子のところに事件を目撃した若手医師からの内部告発の連絡も多い。密告者は今どき珍しいものではない。このくらいで動揺するなんて、富小路はよほど人に裏切られた経験が乏しいのだろう。人望の厚い人は裏切りに弱い。

答えに迷う富小路に、壇上から裁判長が声をかける。

「回答されませんか？　録音をしていますので『はい』か『いいえ』など何か答えていただけると助かります」

「いえ。えー、説明します。あの手術は極めて順調に手順どおりに進んでいました。後進の育成も私たち外科医の使命です。主治医である御池医師には十分に手術の一部を担う実力がありました。私の判断で、手術の途中から責任を持って執刀をさせたということです」

裁判長は富小路の答えに大きくうなずいた。銀子は続ける。

「とすると、直腸後壁の剥離をさせたのは、指導医である、あなたの指示ということですね」

「はい。上司としての私の指示です」

銀子は術中にはまっていく富小路を少し気の毒に思った。自分の指導に自信を持ちすぎている。大学医局でも人事をつかさどる役割をこなしているところをみると、適材適所で人を登用し、一人前の外科医に成長させてきた自負があるのだろう。

「でも、御池医師はあなたの期待に応えられなかった。剥離の際に間違った深い層に入り、仙骨の前面まで切り込んで大出血させましたね」

「いいえ。違います。大出血ではありません。ただちに結紮し止血できたので問題は全くありません」

「そうですか。早期の直腸がんで患者にはオペ歴もなく癒着もなし。そんなきれいな術野で、直腸後壁の仙骨静脈叢に入り込んで、大量出血をさせておいて『お作法どおり』と？　まさか！」

「…」

「富小路先生、ご自身なら仙骨静脈叢には触れることすらなかった手術ですよね」

「いえ。私であっても…」

「あなたがやっても出血させたと?」

「いや、それは」

「そうですよね。あなたのお書きになった本『直腸手術のすべて』にも書いてありま
す。オペ歴のない患者では仙骨静脈叢など触るはずがない、とね」

「それは…」

「『そ・れ・は』何でしょうか?」

「いや。出血しても止血できれば問題はない、と言っているのです」

「下手な手術だったが、俺が止血してやったから問題ない、と。下手な手術も怒らな
い優しい指導医ですね。私なんか、よくオペ室で足を蹴られたり怒鳴られたりしたもの
ですけど」

そう言って銀子は笑ったが、目は鋭く光っていた。

「質問を変えます。なぜ、腹腔鏡を使うことを患者や家族に黙っていたんですか。研
修医の指導のためなら、患者は実験台でもよいと?」

「それは…」

「かわいい御池医師に、腹腔鏡から開腹への切り替えという貴重な経験をさせたかったんですか?」

「異議あり!」

突然、病院側弁護士が立ち上がった。

「裁判長、質問の意図と必要性が不明確で、今の質問の撤回を求めます」

銀子は、松尾弁護士を一瞥し「はいはい、異議ね…」とつぶやきながら「では、質問を変えます」とかわした。銀子にとっては異議も想定内だった。異議を差し挟む余地はもっとあったはずなのに、出てくるのが遅い。松尾弁護士もそろそろ焼きが回ってきたか、緊張感が足りないと感じていた。

裁判長、氷の女王が壇上から無表情のまま銀子に声をかける。

「原告代理人は、証人に不必要に近寄りすぎではないかと。それと、質問の仕方を変えるように」

そう言われても銀子は富小路の真横に近づいていく。紙ファイルのページを富小路の目の前に広げ、人差し指で示しながら、

「甲B12号証の手術物品の一覧表を示します。ほら、ここ、仙骨ピンのシール、何枚

も張ってありますね。本件当時、手術物品として、富小路先生は仙骨ピンを準備しておられましたよね」

富小路は眉間にしわを寄せ、首をかしげた。

「いや。この台帳は、手術当日のものではない。断じて違います。術野に仙骨ピンはなかったはずです。この台帳は…」

予想どおり、富小路が罠にかかった。さすがに意識の高い外科医は違う、と銀子は思った。

「先生レベルの優秀な外科医になると、何年も前の手術のことまでよく覚えておられる。しかし、断言できますか?」

「できます」

「ほう。何年も前の、ありふれた直腸がんの手術なのに、何を準備していたのか、そんなにはっきり覚えておられる?」

富小路は確信に満ちた表情で答える。

「その日、オペ室には、仙骨ピンはなかった。当日、物品係に手術室まで持ってこさせるかどうか、私が考えて指示したので、よく覚えています。間違いありません」

銀子は、誘導にはまり込んだ富小路を、ゆっくり、あせらずに捕まえていく。

「優しい指導医のあなたは、研修医に、直腸後壁の剥離をさせた。そして、まさか仙骨静脈叢を傷つけるようなヘマをやるはずがない、と思っていた」

「…」

「だから術前には、止血のための仙骨ピンは用意する必要はなかった。しかし、研修医があなたの期待に応えられず、静脈叢を傷つけた」

「…それは」

口を開きかけた富小路はハッとした。銀子が、わざと別の日の台帳を自分に見せたと気づいたのだ。銀子は続けた。

「仙骨ピンが必要なひどい出血だった。それなのに、手術室には、仙骨ピンを準備させていなかったから、地下の倉庫から持ってこさせようかどうか、あなたは考えた。が、すでに手術時間は一時間半も長引いている。これ以上遅くなれば家族を心配させるから、もう長引かせたくない。十字結紮で止められたから仙骨ピンがなくても大丈夫だろう。そう判断して、仙骨ピンを持ってこさせなかった。違いますか?」

「いや、それは…」

「慎重で丁寧な手術に定評のあるあなたは、オペ看たちからの信頼も厚い。なのに、この時は仙骨ピンがいらないと思った」

「私は…、結紮をしてそれでしっかりと止血が…」

銀子は、急に、鋭く高い声を出して富小路の発言を遮る。富小路のペースではしゃべらせない。

「そんなことは聞いていない！　さぁ、イエスか、ノーで答えてください。仙骨ピンを使おうか迷ったが、使わなかった、イエスですね？」

「……」

「大出血後の緊急オペでは仙骨ピンを5個も使ってやっと止血できたのですよね」

「…はい…」

銀子は裁判官のほうを向き、突然、言い切った。

「私からは以上です」

氷の女王は、老眼鏡を頭にのせて身を乗り出した。表情は冷たいまま質問を始めた。

「裁判所からもいくつか質問します。仙骨静脈そうというのは、叢（くさむら）と書くとおり、静脈がくさむらのように集まったところ、という意味ですね」

「はい。おっしゃる通りです」

「では、直腸がんのステージI（ワン）の手術では、通常触るはずのないところ、ということでよいですか」

「はい」

「ということは、仙骨静脈叢の損傷というのは、通常は起こらないということですね」

「いえ。それは、違います。患者の体は個人によって差がありますし、術者の技量によって……」

「あなたのお書きになった本に書いてあることからすると、そのようなことは書いてありませんが。だれか、甲B号証、示してもらえますか？　十ページです」

銀子は氷の女王が興味を示すと予想してファイルを開いていた。すかさず立ち上がると、富小路の前にファイルを持っていき、富小路自身が書いた手術本のコピーを示した。氷の女王は、銀子が富小路に本を示す動作を確認しながら
「そこの八行目に『触れるはずがない』と書いてあるところの意味を、もう一度、説明してもらえますか？」

「それは……」

富小路の説明は要領を得たものではなかった。その後も氷の女王は鋭い質問を続け、そのあとに若い別の裁判官が医学用語についていくつか質問してから、富小路の証人尋問は終わった。

違和感の正体

尋問後、氷の女王は、銀子と松尾弁護士に別の部屋に来るよう指示した。それ自体は、いつもどおりの普通の手続きだったが、銀子は、その言葉遣いに引っかかった。

「双方、これで立証活動を終える、ということでいいですね」

証人尋問は、主張立証活動の最終局面だから、当たり前のことを言っただけかもしれない。しかし、わざわざ氷の女王から改めて念を押されることに違和感があった。何かが足りなかったのではないか、と一瞬、嫌な感触をもった。いつもの銀子なら、その一言のニュアンスをもっと冷静に即座に論理的に分析できたはずだった。しかし、富小路との戦いに疲れていた銀子の脳は、大丈夫、気のせいだ、とささやいた。そうだ、今日の尋問は、上出来だったはずだ。

法廷とは別の小部屋で、原告代理人である銀子と、被告代理人の松尾はそれぞれ順番に裁判官の待つ部屋に入るように言われた。

氷の女王は時間もないので、と前置きしつつ

「和解するつもりはありますか？」と単刀直入に聞いてきた。銀子は、病院側が和解したいと言ってくれれば応じてもいいが、こちらから譲歩するつもりはない、という葵たち遺族の意向を伝えた。

次に、被告側の松尾が部屋に入っていったが、ごく短時間で出てきた。勝ち筋なら、お金を払う必要がある被告側へは、裁判官は長い時間をかけて説得する必要があるはずだ。その必要性はなかったということだろうか。その後、裁判官からは、病院側も和解するつもりはないようだ、と告げられ、裁判上の和解は簡単に決裂した。双方の強硬な姿勢を見て裁判所も説得するつもりがなかったのかもしれない。いつもなら裁判官たちは、医療訴訟の長い判決を書きたくない一心で和解を試みてくる。専門用語を知らない裁判官にとっては、患者を勝たせても負けさせても、判決を書くのは大変な作業になる。その上、医師たちからは「トンデモ判決」などと言われ、医学をわかっていないと批判にさらされるからだ。今回、なぜこんなに短時間で和解の説得をあきらめるのか。氷の女王は今までの裁判官と違い、判決を書くのを嫌がらないということだろうか。最後まで嫌な感触の裁判だったが、あとは、二か月後の判決を待つだけになった。

◇　◇　◇

判決当日、葵たち遺族と銀子は裁判所で待ち合わせをした。銀子でも判決は、緊張する。これまでの雰囲気からして勝てるはずだと思っていても、裁判官たちはポーカーフェイスを決め込み、訴訟中にははっきり明言してくれず結論に確信は持てないからだ。氷の女王は、これまでになく冷たく心通わない裁判官だったが、銀子は、頭は悪くないはずだと信じていた。

裁判官三人が壇上にそろった。書記官が事件名を読み上げ、裁判長が口を開いた。

「判決を、言い渡します。主文、原告らの訴えを棄却する」

棄却、つまり完全敗訴ということだ。その一言で、あぜんとしたのは、銀子だけではなかった。葵も、次女の綾も、京子も、裁判長が判決を読み上げる様子を見ながら頭が真っ白になり、視線は空を泳いでいた。銀子は、なぜ自分が負けたのか、しばらく現実を受け止められず放心していた。綾は母と顔を見合わせ、無言のまま立ち上がれなかった。京子は静かに涙を流していた。

裁判官が扉の向こうに退室し、壇上に誰もいなくなった法廷に、銀子と葵たち遺族だけが座り込んでいた。書記官に「部屋を閉めますので」と促されながら立ち上がり、廊下に出たが、銀子も葵も言葉を失っていた。次女の綾は、銀子に向かって質問を繰り返した。

「なぜ？　なぜなんですか。証人尋問では、病院がミスをして大量出血をさせたって、下手な手術だったってことは、私たちが聞いていてもわかったのに、なぜ病院が勝つことになるの？」

「……」

銀子は答えに窮した。

「何が駄目だったんですか？　なぜこんなことになるの？　仙骨ピンというもので止血していれば、父親の大出血は起こらなかったと外科医も認めていたのに、なぜ？」

銀子は、綾の質問に、明確に応えることができなかった。銀子も全く同じ疑問を持っていた。証人尋問の日、氷の女王は銀子と同じ視点で、富小路に鋭い質問をぶつけていた。裁判所は、あの尋問で何を聞いていたのだろう。あの証人尋問を聞いて、病院側が勝つと考えた人は誰もいなかったはずだ。

綾は「ありえない」とつぶやき続け、長女の京子はうつむいて言葉もなく泣き続けていた。葵は、静かに拳を握りしめていたが、裁判所の暗い廊下で、唐突に顔を上げると

「白川先生、私、控訴します。先生、引き続きよろしくお願いします」

と銀子に向かって深々と頭を下げた。

判決の日、銀子は眠れなかった。医療訴訟だけをひたすらにやってきた銀子にとって、初めての完全敗訴だった。外科医として明らかにありえないミスだと確信していた。氷の女王も理解してくれていると信じていた。しかし、結論は違ったのだ。なぜなのか、その理由が銀子には全くわからなかった。これまで無敗だった自分は、ただ幸運だっただけなのだろうか。これまでと同じようにできることをできる限り全力でやってきたはずだ。なぜ今回は勝てなかったのか。裁判官を説得しきれなかったのか。いくら考えてもわからないまま、睡眠導入剤を飲んでウトウトした。相手方の松尾弁護士が保険会社の集会で自慢気に報告する姿が見え、あけがた病院で富小路がえびすと笑い合っている後ろ姿も見える。薬のせいでカラフルな夢を見ているのか、想像なのか、夢と現実を何回も行ったり来たりしながら銀子は、明け方にようやく眠りに落ちた。

翌日、銀子は金さんに判決書を受け取りに行かせた。通常なら控訴の際は、少しでも時間を確保するため、裁判所から特別送達で届くまで待つことにしているが、今回は、銀子自身、すぐにでも判決書を受けとってその理由を知りたかった。

判決文を受け取ると「当裁判所の判断」のページを探す。裁判所の考えを読みはじめ、銀子は手の震えが止まらなくなった。自らのミスを思い知った。銀子自身が消化器外科医だからと、自分の解説だけで裁判官を説得しようとしたことが間違いだったのだ。

判決を読み進めると、尋問で打ち負かしたと思っていた富小路の証言が、判決の至るところで根拠として引用されていた。外科医の銀子にとって、富小路の発言は不自然極まりない内容だったが、判決では「富小路医師の証言は信用性が高い」と病院側勝訴の根拠に使われていた。

一方で、銀子が証拠として提出した医学論文や手術書は「医学文献の記載内容は、本件患者と本件の状況に沿ったものかどうか判断できず、根拠として薄弱である」と、バッサリ切り捨てられていた。銀子が何百頁も書き続けた主張は、無視されていた。裁判官にとっては、あくまで原告代理人弁護士の偏った主張に過ぎない、とでもいうように。銀子の意見は、外科医の意見として評価してもらえていなかった。つまり、敗因は銀子自身の過信だった。

では、どうすればよかったのか。葵からは「判決に何が書いてあっても控訴する」と言われている。控訴審で勝つ確率はごくわずかだが、ここで逃げるわけにはいかない。敗因がわかった以上、富小路医師の証言を覆す、別の第三者である消化器外科医、それも下部消化管の専門家に「意見書」を書いてもらうしかない。訴訟を始めたころに、意見書を書いてくれる消化器外科医を確保しておくべきだった。しかし、今はもう時間がない。後悔するより、今できることを考えなければならない。

控訴期間は二週間、控訴理由書の提出期限は五十日。意見書を書いてもらうには二か月弱は短かすぎる。とにかく、今すぐ走りだすしかなかった。

戦いは続く

判決の三日後。銀子は、医学部や研修医時代の名簿を手繰り、思いつく限りの消化器外科医に電話をかけた。消化器外科の雑誌数冊から著名な筆者の連絡先を調べ、メールも書き始めた。とにかく会って話を聞いてほしいと伝え続け、会ってもらえるなら、北海道でも沖縄でも手土産を持参して駆けつけた。久しぶりの連絡を喜んでくれる医者もいたが、事情を話すと、「申し訳ないが、裁判にはかかわれない」「名前は出せない」と、断られ続けた。十三人目の母校の元教授には、「あなたも外科医になったのなら、そんなことをしていないで手術で患者を助けるべきだろう」と延々と説教をされた。

消化器外科医の協力が得られそうになく、いよいよ意見書が無理なら、駄目元でも鑑定申請をするしかないか、と別の作戦も考え始めていた。しかし、裁判所選任の鑑定人には、何をどう書かれるかわからない日本の現状では、鑑定は患者側にとっては大バクチになる。それでも、このまま、ただ負けるよりはましかもしれない、と思い始めていたとき、事務所の電話が鳴り金さんが明るい声を上げた

「銀子先生、稲森先生から二番に電話です!」

銀子の研修医時代の指導医、流星総合医療センターの消化器外科部長、稲森から連絡があったのだ。受話器の向こうから懐かしい豪快な声が飛び込んできた。

「白川か。二足のわらじで消化器外科医が務まるはずはない、と心配していたが、とうとう外科は諦めて一足脱いだのか？　今や法律事務所の所長さん、か」

開口一番、稲森は冗談を言いながら、

「連絡をもらっていたのに、学会でアメリカにいて連絡が遅くなった。で、どうした、困りごとか？」

と、銀子の話をひと通り聞いてくれた。そのあとで稲森は、関東エリアであけがた病院と西亜大学に盾突くような医者は少ないし、自分は肝胆膵専門だから下部消化管を語る資格はない、と前置きしながら
「ただ、一人だけ、いる。ラグビー部先輩の貝塚なら相談に乗ってくれるかもしれない」

と言った。貝塚英徳は、元星香大学消化器外科教授、下部消化管の権威であり、銀子も名前はよく知っていた。研修医時代には貝塚の分厚い手術書に何度もお世話になった。そんな偉い先生が果たして裁判に協力などしてくれるのだろうか？　銀子は半信半疑だったが、稲森が推す人物なら力になってくれるはずだと言い聞かせながら、ダンボール箱三つ分のカルテを、一番大きなキャリーケースに詰め込みはじめた。

◇　◇　◇

流川総合病院の院長室に案内されると、貝塚は大きなデスクに座っていた。銀子を見て礼儀正しく立ち上がり、

「はじめまして。稲森君から事情は聞いていますが、まず、話を聞きましょう」

と静かに言った。かなりの長身で、肩幅が広く、のりの効いた白衣の前ボタンはすべて留められ、襟元にはネクタイが固く締められていた。隙のない厳格なオーラをまといながら、貝塚は銀子にソファに座るよう促し、銀子の向かいにゆっくりと腰をかけた。

そして、銀子が話し始めると、何も言わず、腕を組み、じっと目を閉じて銀子の話に耳を傾けていた。目を閉じている貝塚が、何を考えているのか銀子にはわからなかった。

面倒なお願いと思いながら、稲森の手前、ひとしきり話だけでも聞こうということだろうか。銀子は説得する自信は全くなかったが、ただ自らの思いを熱く語り続けるだけだと心に決めていた。貝塚は時折、うなずいたが、それでも目は開かなかった。銀子は続けた。

「ドクターは皆、ミスを起こしたときのために賠償保険に加入しているはずです。で

も、その保険会社には医者を守ろうという視点はありません。病院側の代理人は、実態は保険会社の代弁者。できるだけ一円でも金銭を支払わない方向の主張をすることが仕事なんです。医療事故の被害者や遺族は、大黒柱を失っても生活の補償もなく、病院より交通事故で車にひかれて死んだほうがよっぽどまし、というのが今、日本の現実なのです。残された遺族が将来の補償を、保険会社に求めることは間違っているでしょうか。それに下手な手術で患者を死なせても医者には何のおとがめもなければ、罰もないのです。医師が保険に入っているのは、そういうときのためではないのでしょうか」

銀子は、貝塚に嫌われても構わないと思った。嫌われることを気にしては、この仕事は務まらない。

「私のような存在は、先生方にとって、反逆児であり、異分子であることはわかっています。先生にとって不愉快なお話もたくさんしたと思います。でも、それでも、私のような必要悪がいなければ、下手な外科医は反省しないし、保険会社が儲かるだけです。そして遺族達はいつも、泣き寝入りするしかないのです」

そこまで聞いて貝塚は急に目を開いた。表情は硬く、銀子を直視していた。銀子は言い過ぎたか、と頬が引きつった。しかし、視線を外さず、最後の言葉まで言い切った。

「私も同じ外科医です。決して医師をたたきつぶしたいわけではないのです」

銀子が話し終えると、しばらく沈黙があった。貝塚は、まっすぐに銀子を見ながら硬い表情を変えず、ゆっくりと
「話は、以上、ですか?」

と尋ねた。そして、また悠然と立ち上がり、百九十センチ以上ある長身から銀子を見下ろした。銀子もとっさに立ち上がり、貝塚を見上げた。

「いいでしょう。先生の熱意は、十分、伝わってきましたよ。今どき珍しい暑苦しさですね」そう言って、柔和な微笑みを浮かべると、

「負けましたよ」と言いながら、貝塚は、大きな右手を銀子に差し出した。

「あなたのような存在がいなければ、きっと何も変わらない。私たちは、保険会社にうまく利用されているのかもしれない。それに、手術が下手な奴は仕方がない、と諦めてしまっているのかもしれない。まずは、カルテを持ってきなさい。私が見て納得がいけば書きましょう。それでよければ」

銀子は貝塚の右手を、両手でしっかりと握り締めながら、何度も何度も頭を下げた。

「先生、ありがとうございます。本当に、ありがとうございます。カルテはもう、持

参してきております。すべて、ここに」

「何が、あなたをそんなふうに突き動かすのですか？　外科医として感謝されながら生きていけばそんなに頭を下げる必要もないのに。それも、自分の患者でもない赤の他人のために」

「それは…」

と言葉に詰まる銀子に、貝塚は目を細め、仏のような表情で
「『人生意気に感ず』とでもいうのでしょうね。久しぶりに背筋がシャンとしましたよ」

と言い、声を立ててゆったりと笑った。


二週間後、銀子のもとに貝塚が署名した十ページの意見書が届いた。同じ封筒には、病理学会副理事長、水間教授の署名のある三ページの文書も同封されており、貝塚の達筆な手書きも添えられていた。

〝小さな足跡がバタフライ効果として、予想もしなかった大きな成果につながることはよくあること。水間教授に病理結果を見てもらったら「ひとこと言いたい」とコメントをつけてくれましたよ。あなたのようなしつこい外科医には、久しぶりに会いまし

た。若いときの誰かを見ているようです。健闘を祈ります〟

◇◇◇

十二月某日、午後一時十分。高等裁判所の法廷で、黒い法服を着た裁判長が判決を読み上げた。

「主文、ひこくは…」

その瞬間、銀子は「勝った」とつぶやいた。「ひ」の一文字で勝敗はわかる。「ひこく」で始まれば被告に何円かの支払いを命じる原告勝訴の判決であり、「げんこく」で始まれば、原告の請求を棄却する、という敗訴の判決だからだ。

判決は、あけがた病院の責任を全面的に認め、妻の葵と子ども達に合計約二億円強の支払いを命じる逆転勝訴だった。裁判長は判決を読み続けていたが、銀子の耳にはもう入らなかった。銀子は、今日も、故寺山弁護士のトレードマークだった赤いスーツで傍聴席に座っていた。

傍聴席の最後尾にはえびす安子が座っていたが、判決を聞き届けると、事務局長の鴨川と、静かに立ち上がって法廷を出て行った。銀子が振り向くと、えびすはわずかに会釈をしたようにも見えたが、気のせいだったかもしれない。法廷には、被告側代理人の松尾弁護士の姿はなかった。病院側は、上告してくるだろうが、最高裁で原告勝訴がひっくり返ることはまずないだろう。

傍聴席の最前列には、おなかが目立ち始めた次女、綾の隣に妻の葵が座っていた。その後ろに、長女の京子が小学生くらいの娘を連れて座っていた。綾は産休ギリギリまで仕事を続ける予定だという。葵は、看護師として何十年ぶりかで知り合いの内科クリニックに勤め始めたといっていた。ハンカチを握りしめながら裁判長を見つめていた葵の頰には、いく筋もの涙が伝っていた。

銀子には、勝訴の余韻に浸っている余裕はなかった。脇に置いているスーツケースには、亡き東山大地の事件記録はもう入っていない。このあと飛行機で札幌に向かう予定になっている。今まで敵だった医師会から、銀子に講演依頼があり、医療訴訟のリアルな姿を医師たちに語ってほしいということだった。

判決の言い渡しが終わって立ち上がると、銀子は裁判所の天井を見上げ、天国の寺山に報告した。

「寺山先生。先生が言っていたように、何かがほんの少しずつ、変わり始めているのかもしれません」

エピローグ

今日も、金さんはお金の心配をしている。

「銀子先生、そろそろ次の事件、片付けてもらえないと、私たちのボーナス払えなくなりますよ」

「先生ぇ。そうなんですかぁ。私のバイト料は大丈夫ですよねぇ。私もボーナスほしいなぁ」

「わかってるって、そろそろ、あの脊椎外科の事件、山本弁護士から金額提示の連絡があるはずだからさ」

「山本先生は腰は低いですけど、なかなか、金額あげてきませんよ。保険会社の言いなりじゃないですかね、あの弁護士。ああいう保険会社の言うことばっかり聞く弁護士って、存在意義あるんですかね。直接保険会社と連絡した方が早いのに。それに、中途半端な金額であの依頼者、納得しますかね」

「まぁ、一回目は無理だろうねぇ。まとまるまで、あと三か月はかかるかな」

「先生、ちょっとは焦ってくださいよ〜」

「そんなこと言ってもね。『すべてのことには時がある』っていうじゃない？」

「そんなこと言っても駄目ですよ。早く、次の通知書案も、書いてくださいよ。ほら、もっと早く事件を処理していかないと……患者側弁護士は貧乏だからって、誰も先生の弟子、来ないじゃないですか。ずーっと高条件で募集しているのに」

「まぁ実際、不安定な仕事だからねぇ。仕方ないわよ。この仕事したい、っていう人でないと務まらないしね。それより、私は、そろそろ来週の尋問の準備に没頭したいんだけどなぁ」

「あの帝東大学の脳外科教授相手のやつでしょ。大学病院側もプライドをかけて真剣みたいですし、そんなに頑張っても勝てないんじゃないですか」

「そういわれるとね。ますます真剣勝負してあげないと失礼、じゃない？　脳外科学会の会長さんでもあるし、何でも思い通りになると思ってるタイプだと思うわ。自分大好きって感じで」

「そうそう。見ましたー。大学病院のユーチューブ。気持ち悪い感じ。なんでこう、襟の立ちあがったシャツとか着て、斜めから映ったりしはるんですかねぇ、自意識過剰な男の人って。ほら、俺ってかっこいいだろう、みたいな感じが、ホンマにオエってなりますわ。銀子先生の言う通り嫌な人ですよ、きっと」

「清香ちゃんもそう思う？　人柄が出るのよ、動画って。実際、最低な手術する人だからね。イライラした手つきで、脳みそぐちゃぐちゃにして、それで合併症とか言える神経の人だからね」

「えー信じられへん。患者さん、若いのに寝たきりにならはったんですよね？　奥さん二十代で後見人でしたもんねぇ。大変やろなぁ」

「だからね、私が少しぐらいはやっつけてあげないと」

「でも先生、ちょっとは事務所の経営のことも考えてくださいよ」

「金さん、尋問前の先生に、なにゆうても無理、無理。銀子先生が、中途半端な仕事しはるはずないじゃないですか。冬の今度のボーナスはあきらめた方がいいんと違いますかぁ？」

「銀子先生、頼みますよ！」

暖房のきいた事務所には冬の西日が差し込んでいる。和やかな事務所に、また電話が鳴る。金さんは、いつものように柔らかな声の優しい紳士に変身する。

「はい、白川銀子法律事務所でございます。当事務所は医療専門の法律事務所ですが、医療ミスのご相談でしょうか……。そうですか、お子さんが亡くなった……それは大変なことで……本当に辛いお話だとは思いますが、もしよろしければ、詳しく、お聞かせいただけますか……」

また子どもを失った母からの相談だ。医療ミスがあるかはまだわからない。しかし、まずは私達が悲しみに暮れる母の心を、受け止めなければならない。こうして銀子の肩にまた一つ大きな重荷が乗る。銀子は、電話に耳を傾けながらデスクの片隅に置いた息子の写真を見た。そして、こうして必要としてくれる人たちがいるからこそ、自分もなんとか今まで生きて来られた、と思った。人間は、傷ついた人を癒そうとすることでしか、自分が癒される方法はない、ということなのかもしれない。

電話の主は、きっとこれまで、誰も話を聞いてくれる人がいなかったのだろう。金さんの電話は一時間たってもまだ、終わりそうになかった。

推薦の言葉

「白い巨塔」よりもリアルな医療裁判の現実、特に弁護士の動静が見える。

白川銀子は本物の患者側弁護士であり、富永愛の姿そのものである。深夜の緊急手術に呼び出されたり、癌末期の患者に一晩中寄り添ったりしながら、裁判の準備書面を書き、勝訴判決を勝ち取りつづけている。手術で疲れ切っていても、患者側弁護士の夜の勉強会に駆けつけ医学知識の乏しい弁護士達へのアドバイスも惜しまない。多くの医師・弁護士達が皆、向こう側（病院側）に行ってしまうのに、彼女は違う。おそらく、根っこが弁護士なのだろう。弁護士として医学を学び、外科手術を行ってきたからこそより広い視野から医療界を見る貴重な存在だ。

読者には、銀子の物語を通じて「外科医・患者側弁護士」目線で医療裁判のリアルを体感し、医療裁判が孕む多くの問題を、是非知ってほしいと思う。そして私は、読者の一人として、次の依頼者達を銀子がどう救済するのか、期待して続編を待ちたい。

石川　寛俊

石川　寛俊（いしかわ　ひろとし）

1949年生まれ。弁護士。1973年京都大学法学部卒業。同年司法試験合格。元関西学院大学大学院司法研究科教授、（財）日本医療機能評価機構「産科医療補償制度」調整委員、（NPO法人）日本医療経営機構理事。スモン、薬害HIV、MMR予防接種などの巨大薬害訴訟をはじめ、最高裁肝癌見落とし事件、最高裁急性脳症事件など、これまで300件以上の医療過誤事件や薬害訴訟と関わる（2024年7月現在）。テレビドラマ『白い巨塔』の監修も担当。著書に『医療裁判　理論と実務』（2010年12月日本評論社）『医療と裁判―弁護士として、同伴者として』（岩波書店2004年3月）など多数。

あとがき

白川銀子は私の理想です。現実世界の医師・弁護士は、全戦全勝でもなければ、総銀髪で赤スーツが似合うわけでもありません。悲しい事故の話を聞いてしまうと、何とかできないかと引き受けてしまってから、どうしようかと毎日グズグズと悩み、カルテやビデオを見ては頭を抱えて事務所内をサンダル履きでノシノシと歩き回り、現実逃避のため必要以上に観葉植物の葉を毟り、水をやり過ぎては根を腐らせています。私自身は、銀子のように颯爽と正義を実現できる実力もなく、ただ、今の日本の医療裁判のリアルを、銀子というアマゾネスに託して伝えたいと思いました。

医療現場で働いていた私は、今も、ほとんどの医師は、眼の前の患者さんのために自らの時間を犠牲にして働いていること、患者さんに悪い結果が起こってしまっても、医師にミスがなく仕方がない事がほとんどであることも知っています。医療現場で働く看護師さんや技師さん達、医療事務の方々やケアマネージャーさん達も患者さんや家族のため、病院のために必死に毎日を過ごしていることも知っています。それでも、この銀子のストーリーを書いたのは、患者さんや遺族の立場でミスかどうかを判断できる人が、ごく僅かしかいないこの不公平な現実を、医療事故に遭っていない人にも伝えたかったからです。

昨日も、十代の若者が、医師の判断ミスで亡くなってしまったケースの院内事故調査報告書を見ました。そこには、他の病気で亡くなったのかもしれないという結論がまとめられていて、もっと別の良い方法はあったかもしれないが、ミスだとは断定できない、というような「読みづらい文章」が冒頭にまとめられていました。そのわかりにくい文章の行間には、作成した医師達の思惑が透けて見え、一方で、カルテに示されたモニターの数値は、明らかに判断の遅れを示していました。患者さんのバイタルサインも、ミスが原因で次第に心臓が止まっていった真実を語っていました。麻酔チャートや看護記録のむこうに、若者の顔から血の気がなくなり青ざめていく様子が見えました。

真実をありのままに記載せず、別の予期しない病気が起こって仕方がなかったのだと報告しても、誰も指摘できず許されてしまう現実が、今日もまだ続いています。銀子が弁護士になったばかりの頃は、患者さんたちにカルテの開示すら行われず、院内事故調査などというものすらありませんでしたし、少しずつ医療事故の現実が白日の下に晒されるようになってきているとは感じます。それでも、まだ真実を語れる人はごく僅かです。医師であれば当然わかることなのに、「それを語ってはならない」という不文律は、まだまだ医療界全体に蔓延しています。銀子や貝塚医師のように勇気を出して「語ってみる」人が一人でも増えれば、本当の医療安全が語れるようになる日が来ると本気で信じています。

銀子の世界の登場人物はフィクションですが、ひとりの人物には何人ものモデルの方々がいます。医療訴訟への情熱を教えてくださった今は亡きT弁護士、初めての書面や証人尋問を粘り強く教えてくださったA弁護士、敵方として日々私を鍛え上げてくださっているK弁護士やH弁護士、U弁護士、大学医局の様々なしがらみの中におられながらも忌憚なき意見を書いて下さるW先生、患者さんが死んでいく手術ビデオを何時間もジッと一緒に供覧してくださったI先生やK先生、T先生、学会の重鎮でありながらいつも歯に衣着せぬアドバイスを下さるU先生、S先生、Y先生、敵方証人から私にアドバイスを頂くようになったS先生やH先生などなど感謝しつくせない沢山の先生方に、銀子は育てていただきました。また弁護士として頼りなかった私を最後まで信じて戦ってくださったK夫妻や、Kさん一家、Yさん達にも感謝の気持ちを伝えたいと思います。

銀子には、まだ伝えたいことがたくさんあります。弁護士による二次被害と救われない被害者、鑑定人頼みの不公平な裁判と責任を放棄する裁判官、真実を語らない事故調査。一生重度障害を負って生きていくお子さんと支え続ける家族の葛藤、事故にあった病院に連れて行った自分を責め続ける母や息子、娘。内部告発する医師を追い詰め叩き潰そうとする病院組織と、救い出す教授、大学病院の派閥や関連病院への覇権争いに巻き込まれる患者や住民、立件されたことがない医師の偽証と業務上過失致死告発の現実。到底太刀打ちできない絶大な力を持つ保険会社、弁護士飽和時代に企業に飼いならされる弁護士と、手術の全情報を握り医師の勉強会を潰すパワーを持つ医療機器メーカー、問題が起これば添付文書通りの責任を医師に転嫁できる製薬会社などなど。おそらくどの世界にもある闇と、そこに生きる人達の愛と苦しみを、少しでも感じてもらえれば銀子が生まれた意義があると思っています。

漠然と「医療事故のリアルを伝えたい」という私の思いつきとわがままに、長らく付き合って下さった産労総合研究所の田中編集長、三木さん、三浦さん、そして何より忙しい業務の合間に執筆時間を確保してくれた事務所スタッフの皆と家族にもこの場で心から感謝を伝えたいと思います。本当にありがとう。

二〇二四年七月　富永　愛

富永　愛（とみなが　あい）

弁護士法人富永愛法律事務所　代表弁護士。大阪弁護士会所属。

1999年に司法試験合格後、東京の弁護士事務所に勤務。その後、国立大学医学部に進み、卒業後は一般病院で外科医として勤務。初期研修では内科・整形外科・産婦人科・小児科・地域医療等を、後期研修では、一般外科･消化器外科の経験を積み、外科専門医を取得。

2011年、医療を専門とする法律事務所として、富永愛法律事務所を設立。

医学部在学中から、現在に至るまで、多数の医療紛争の相談に応じ、医療訴訟を担当している。医療事件をメインに扱っている弁護士は少数で、患者側を専門としているのはごくわずかである。

外科医・弁護士のダブルライセンスを強みに、実際の医療現場を知る数少ない患者側弁護士として医療と法律の架け橋となるべく奔走している。

※本書は、『医事業務』（産労総合研究所）2022 年 2 月 15 日号 No.619 ～ 2023 年 12 月 15 日号 No.660 に連載された「元外科医・弁護士　白川銀子の事件簿」を再構成したものです。

医療過誤弁護士銀子

2024 年 9 月 24 日　第 1 版第 1 刷発行
2024 年 10 月 11 日　第 1 版第 2 刷発行

著　者　富 永　愛
発行者　平　盛 之

発行所　㈱産労総合研究所
出版部　経営書院

〒100-0014　東京都千代田区永田町1-11-1　三宅坂ビル
電話　03-5860-9799
https://www.e-sanro.net/

装画　細谷真由美・まゆみん
印刷・製本　藤原印刷株式会社

ISBN 978-4-86326-380-2 C0093